I0715049

卞尺丹几乙し丹卞と

Translated Language Learning

Alices Abenteuer im Wunderland

Alicine Dobrodružstvá v Krajine Zázrakov

Lewis Carroll

Deutsch / Slovenčina

Copyright © 2024 Tranzlaty
All rights reserved
Published by Tranzlaty
ISBN: 978-1-83566-785-9
Original text: Alice's Adventures in Wonderland
by Lewis Carroll (1865)
Abridged by Sam'l Gabriel Sons (1916)
www.tranzlaty.com

Runter in den Kaninchenbau
Do králičej nory

Alice fing an, sehr müde zu werden
Alice začínala byť veľmi unavená
Sie saß neben ihrer Schwester auf der Grasbank
Sedela vedľa svojej sestry na trávnatom brehu
aber sie hatte nichts zu tun
ale nemala čo robiť
Ihre Schwester las ein Buch
jej sestra čítala knihu
Ein- oder zweimal schaute Alice in das Buch
raz alebo dvakrát Alice nahliadla do knihy
aber das Buch enthielt keine Bilder oder Gespräche
ale v knihe neboli žiadne obrázky ani rozhovory
"Was nützt ein Buch ohne Bilder?", dachte Alice
"Načo je kniha bez obrázkov?" pomyslela si Alica
"Warum sollte ein Buch keine Gespräche führen?"
"Prečo by kniha nemala viesť žiadne rozhovory?"
Aber sie hatte noch andere Dinge zu bedenken
ale musela zvážiť aj iné veci

"Es wäre ein Vergnügen, eine Kette aus Gänseblümchen zu machen"
"Vyrobiť reťaz sedmokrások by bolo potešením"
"Aber lohnt es sich, aufzustehen und die Gänseblümchen zu pflücken??"
"Ale stojí to za námahu vstať a zbierať sedmokrásky??"
Das war nicht so leicht zu denken
Nebolo také ľahké o tom premýšľať
weil sie sich an diesem Tag schläfrig und dumm fühlte
pretože v deň sa cítila ospalá a hlúpa
aber plötzlich wurden ihre Gedanken unterbrochen
ale zrazu sa jej myšlienky prerušili
ein weißes Kaninchen mit rosa Augen lief dicht an ihr vorbei
Biely králik s ružovými očami bežal blízko nej

Es war nichts übermäßig Bemerkenswertes an dem Kaninchen
Na králikovi nebolo nič prehnane pozoruhodné
und Alice fand das Kaninchen auch nicht bemerkenswert
a Alica tiež nepovažovala králika za pozoruhodného

auch überraschte es sie nicht, als das Kaninchen sprach
ani ju neprekvapilo, keď Králik prehovoril
»O je! Ich werde zu spät kommen!« sagte er zu sich selbst
"Ó, bože! Prídem neskoro!" povedal si
aber dann tat das Kaninchen etwas, was Kaninchen nicht tun
ale potom Králik urobil niečo, čo králiky neurobili
das Kaninchen zog eine Uhr aus der Westentasche
Králik vytiahol z vrecka vesty hodinky
Er schaute auf die Uhr und eilte dann weiter
Pozrel sa na čas a potom sa ponáhľal ďalej
Alice erhob sich erstaunt
Alica sa v úžase postavila na nohy
Sie hatte noch nie zuvor ein Kaninchen mit Weste gesehen!
nikdy predtým nevidela králika s vestou!
noch hatte sie je ein Kaninchen mit einer Uhr gesehen!
ani nikdy nevidela králika s hodinkami!
Alice brannte vor neuer Neugierde
Alice horela novou zvedavosťou
und sie rannte über das Feld hinter dem Kaninchen her
a bežala cez pole za Králikom
Sie kam gerade noch rechtzeitig, um das Kaninchen verschwinden zu sehen
Bola práve včas, aby videla, ako králik zmizol
Das Kaninchen hüpfte in einen großen Kaninchenbau hinab
Králik skočil do veľkej králičej nory
Im nächsten Augenblick stürzte Alice hinter dem Kaninchen her!
O chvíľu išla Alica dole za králikom!
Der Kaninchenbau ging geradeaus wie ein Tunnel
Králičia nora išla rovno ako tunel
und der Tunnel ging noch eine Weile weiter
a tunel pokračoval v určitej vzdialenosti
und dann senkte sich der Weg plötzlich hinunter
a potom cesta náhle klesla
Alice hatte keinen Augenblick, daran zu denken, ob sie sich zurückhalten sollte

Alica nemala ani chvíľu na to, aby sa zastavila
Sie fiel hin und hinunter und hinunter
zistila, že padá dole a dole a dole
Es schien, als sei sie in einen sehr tiefen Brunnen gefallen
zdalo sa, akoby spadla do veľmi hlbokej studne
Entweder war der Brunnen sehr tief, oder sie fiel sehr langsam
Buď bola studňa veľmi hlboká, alebo padala veľmi pomaly
denn sie hatte viel Zeit zum Fallen
pretože mala dosť času na pád
Als sie fiel, konnte sie sich umsehen
keď padala, mohla sa rozhliadnuť všade okolo seba
Zuerst versuchte sie herauszufinden, wohin sie ging
Najprv sa snažila zistiť, kam ide
aber der Brunnen war zu dunkel, um etwas zu sehen
ale studňa bola príliš tmavá na to, aby niečo bolo vidieť
Dann blickte sie auf die Seiten des Brunnens
Potom sa pozrela na boky studne
Und sie bemerkte, dass überall um sie herum Schränke standen
a všimla si, že všade okolo nej sú skrine
und rings um den Brunnen waren Bücherregale
a všade okolo studne boli police s knihami
Hier und da sah sie Karten und Bilder, die an Pflöcken hingen
Tu a tam videla mapy a obrázky zavesené na kolíkoch
Im Vorbeigehen nahm sie ein Glas aus einem der Regale
Keď prechádzala okolo, zložila z jednej z políc nádobu
Das Glas wurde für seinen Inhalt gekennzeichnet
nádoba bola označená pre svoj obsah
"MARMELADE AUS ORANGEN"
"MARMELÁDA Z POMARANČOV"
Aber zu ihrer großen Enttäuschung war das Marmeladenglas leer
ale na jej veľké sklamanie bola nádoba na marmeládu prázdna
Sie wollte das leere Marmeladenglas nicht fallen lassen
Nechcela upustiť prázdnu nádobu na marmeládu

und ihr Fall war sehr langsam
a jej pád bol veľmi pomalý
So schaffte sie es, das Marmeladenglas in einen der
Schränke zu stellen
Podarilo sa jej teda vložiť nádobu na marmeládu do jednej zo
skríň
Nieder, hinunter, hinunter fiel sie!
Dole, dole, dole padá!
Würde der Fall jemals ein Ende haben?
Skončí sa niekedy pád?
Es gab nichts anderes zu tun
Nedalo sa nič iné robiť
so fing Alice bald an, mit sich selbst zu reden
a tak sa Alica čoskoro začala rozprávať sama so sebou
»Dinah wird mich heute abend sehr vermissen, sollte ich
meinen!«
"Myslím, že Dinah budem dnes večer veľmi chýbať!"
Dinah war Alices Katze
Dinah bola Alicina mačka
»Ich hoffe, sie werden sich an ihre Untertasse mit Milch zur
Teezeit erinnern.«
"Dúfam, že si spomenú na jej tanierik s mliekom pri čaji."
»Dinah, meine Liebe, ich wünschte, du wärst hier unten bei
mir!«
"Dina, moja drahá, kiež by si bola tu so mnou!"
Alice fühlte, als würde sie einschlafen
Alice cítila, že driema
Und dann plötzlich, dumpf! Bums!
A potom zrazu búch! úder!
Sie fiel auf einen Haufen Stöcke
Spadla na hromadu palíc
und sie landete auf einem Haufen trockener Blätter
a pristála na hromade suchého lístia
Und endlich war der lange Sturz in das Loch vorbei
a nakoniec sa dlhý pád do diery skončil
Alice war kein bisschen verletzt
Alice nebola ani trochu zranená

und sie sprang in einem Augenblick auf
a o chvíľu vyskočila
Sie blickte auf, aber es war alles dunkel über ihr
Pozrela sa hore, ale nad hlavou bola tma
Vor ihr lag ein weiterer langer Korridor
Pred ňou bola ďalšia dlhá chodba
und das weiße Kaninchen war noch in Sicht
a Biely králik bol stále na dohľad
Er eilte den Korridor hinunter
Ponáhľal sa chodbou
Es war kein Augenblick zu verlieren
Nebolo možné strácať ani chvíľu
davonlief Alice wie der Wind
Alica utekala ako vietor
um die Ecke drehte sich das Kaninchen
Za rohom sa králik otočil
Sie kam gerade noch rechtzeitig, um das Kaninchen zu hören
Bola práve včas, aby počula králika
"Oh, meine Ohren und Schnurrhaare"
"Ach, moje uši a fúzy"
"Wie spät es wird!"
"Ako je neskoro!"
Sie war dicht hinter dem Kaninchen
Bola tesne za králikom
Sie bog um eine weitere Ecke
Zabočila za ďalší roh
aber das Kaninchen war nicht mehr zu sehen
ale Králika už nebolo vidieť
Sie befand sich in einer langen, niedrigen Halle
Ocitla sa v dlhej, nízkej hale
Der Saal wurde von einer Reihe von Deckenlampen erleuchtet
Sála bola osvetlená radom stropných lámp
Überall im Saal gab es Türen
Všade po hale boli dvere
aber alle Türen waren verschlossen

ale všetky dvere boli zamknuté

**Sie ging den ganzen Weg an der einen Seite des Flurs
hinunter**

Prešla celou cestou po jednej strane chodby

**Und sie war den ganzen Weg auf der anderen Seite des Flurs
hinaufgegegangen**

a prešla celú druhú stranu chodby

Sie hatte jede Tür ausprobiert

vyskúšala všetky dvere

Und sie ging traurig in der Mitte des Saales entlang

a smutne kráčala stredom chodby

"Wie komme ich da mal wieder raus?"

"Ako sa ešte niekedy dostanem von?"

Plötzlich stieß sie auf einen kleinen Tisch

Zrazu prišla k malému stolíku

Der Tisch wurde komplett aus massivem Glas gefertigt

Stôl bol celý vyrobený z masívneho skla

Auf dem Tisch lag nichts als ein winziger goldener

Schlüssel

Na stole nebolo nič iné ako malý zlatý kľúč

Der Schlüssel könnte zu einer der Türen gehören!

kľúč môže patriť jedným z dverí!

Aber ach! Einige der Schlösser waren zu groß für die Schlüssel

ale, bohužiaľ! Niektoré zámky boli príliš veľké na kľúče

und für die anderen Schlösser war der Schlüssel zu klein

a pre ostatné zámky bol kľúč príliš malý

aber auf jeden Fall öffnete der Schlüssel keine der Türen

ale v každom prípade kľúč neotvoril žiadne dvere

Aber was sollte sie tun?

ale čo mala robiť?

Sie ging wieder durch den Saal

Znova prešla chodbou

Und diesmal bemerkte sie einen niedrigen Vorhang

a tentoraz si všimla nízku oponu

Hinter dem Vorhang war eine kleine Tür

Za závesom boli malé dvere

Die Tür war etwa fünfzehn Zoll hoch

dvere boli vysoké asi pätnásť palcov

Sie probierte den kleinen goldenen Schlüssel im Schloss aus

Vyskúšala malý zlatý kľúč v zámku

Und zu ihrer großen Freude passte der Schlüssel ins Schloss!

a na jej veľkú radosť sa kľúč zmestil do zámku!

Alice öffnete die Tür

Alica otvorila dvere

und sie fand, daß die Tür in einen kleinen Korridor führte

a našla dvere vedené do malej chodby

Der Korridor war nicht viel größer als ein Rattenloch

chodba nebola oveľa väčšia ako krysia diera

Sie kniete nieder und blickte den Korridor entlang

Kľakla si a pozrela sa po chodbe

Und sie sah den schönsten Garten, den du je gesehen hast

a videla najkrajšiu záhradu, akú ste kedy videli

wie sehr sie sich danach sehnte, aus dieser dunklen Halle herauszukommen

Ako túžila dostať sa z tej tmavej siene
wie sie sich wünschte, zwischen diesen leuchtenden Blumen zu wandern
Ako sa chcela túlať medzi tými žiarivými kvetmi
Wie cool die Erfrischung dieser Brunnen aussah
Ako chladne vyzerali tieto fontány
aber sie konnte nicht einmal ihren Kopf durch die Tür stecken
ale nedokázala dostať ani hlavu cez dvere
»Oh,« sagte Alice traurig
"Ach," povedala Alice smutne
»wie sehr wünschte ich, ich könnte mich zusammenfalten wie ein Fernrohr!«
"Ako by som si priala, aby som sa mohla zložiť ako ďalekohľad!"
"Ich glaube, ich könnte mich zusammenfalten wie ein Teleskop"
"Myslím, že by som sa mohol zložiť ako ďalekohľad"
"Wenn ich nur wüsste, wie ich anfangen sollte"
"Keby som len vedel, ako začať"
Alice ging zurück an den Tisch
Alica sa vrátila k stolu
Es bestand die Möglichkeit, einen weiteren Schlüssel zu finden
Bola tu šanca nájsť ďalší kľúč
Oder es gibt ein Buch mit Regeln
alebo môže existovať kniha pravidiel
Das Buch könnte ihr sagen, wie man sich wie ein Teleskop zusammenfaltet
Kniha by jej mohla povedať, ako sa má zložiť ako ďalekohľad
Diesmal fand sie ein Fläschchen
Tentoraz našla malú fľaštičku
"Diese Flasche war gewiß vorher nicht hier," sagte Alice
"Táto fľaša tu určite predtým nebola," povedala Alice
Und um den Flaschenhals war ein Papieretikett gebunden
a okolo hrdla fľaše bola uviazaná papierová etiketa
Das Etikett war wunderschön in großen Buchstaben

gedruckt

štítok bol krásne vytlačený veľkými písmenami

"TRINK MICH"

"VYPI MA"

»Nein, ich werde erst nachsehen«, sagte sie

"Nie, najprv sa pozriem," povedala

"Ich werde sehen, ob die Flasche als giftig gekennzeichnet ist oder nicht."

"Uvidím, či je fľaša označená ako jedovatá alebo nie,"

weil sie die Lektion über das Gift nie vergessen hat

pretože nikdy nezabudla na lekciu o jede

"Wenn eine Flasche als giftig gekennzeichnet ist, wird sie Ihnen bestimmt nicht zustimmen"

"Ak je fľaša označená ako jedovatá, určite s vami nebude súhlasiť"

Diese Flasche war jedoch nicht als giftig gekennzeichnet

Táto fľaša však nebola označená ako jedovatá

so wagte Alice es, den Inhalt der Flasche zu kosten

a tak sa Alica odvážila ochutnať obsah fľaše

Sie fand die Flüssigkeit ganz nach ihrem Geschmack

Zistila, že tekutina sa jej páči

Das Getränk hatte einen gemischten Geschmack

nápoj mal akúsi zmiešanú chuť

Kirschkuchen, Vanillepudding und Ananas

čerešňový koláč, puding a ananás

Gebratener Truthahn, Toffee und Toast mit heißer Butter

Pečené morčacie mäso, karamelu a toast s horúcim maslom

und bald trank sie die Flasche aus

a čoskoro fľašu dopila

"Was für ein merkwürdiges Gefühl!" sagte Alice

"Aký zvláštny pocit!" povedala Alica

"Ich klappe mich zusammen wie ein Teleskop!"

"Skladám sa ako ďalekohľad!"

Und sie faltete sich tatsächlich zusammen wie ein Teleskop!

A naozaj sa skladala ako ďalekohľad!

Sie war jetzt nur noch zehn Zentimeter groß

Teraz bola vysoká len desať centimetrov

und ihr Gesicht erhellte sich bei ihren Gedanken
a jej tvár sa rozjasnila pri myšlienkach
Jetzt hatte sie die richtige Größe für das Türchen
teraz mala správnu veľkosť pre malé dvierka
Jetzt konnte sie in diesen schönen Garten gehen
Teraz mohla ísť do tej krásnej záhrady
Bald hörte sie auf, kleiner zu werden
čoskoro sa prestala zmenšovať
Sie beschloß, sofort in den Garten zu gehen
Rozhodla sa, že ihneď pôjde do záhrady
aber wehe der armen Alice!
ale, beda úbohej Alici!
Sie kam zur Tür
Dostala sa k dverám
Aber sie hatte den kleinen goldenen Schlüssel vergessen
ale zabudla malý zlatý kľúč
Sie ging zurück zum Tisch, um den Schlüssel zu holen
Vrátila sa k stolu pre kľúč
aber sie merkte, daß sie nicht hoch genug greifen konnte
ale zistila, že nemôže dosiahnuť dostatočne vysoko
Sie konnte den Schlüssel ganz deutlich durch das Glas sehen
cez sklo videla kľúč celkom jasne
Sie versuchte, die Beine des Tisches hinaufzuklettern
Pokúsila sa vyliezť po nohách stola
Aber das Glas war viel zu rutschig
ale sklo bolo príliš klzké
Irgendwann erschöpfte sie sich mit dem Versuch
Nakoniec sa unavila skúšaním
Und das arme kleine Mädchen setzte sich hin und weinte
a úbohé dievčatko si sadlo a plakalo
Alice sprach ziemlich scharf mit sich selbst
Alica hovorila k sebe dosť ostro
"Komm, es hat keinen Zweck, so zu weinen!"
"Poď, nemá zmysel takto plakať!"
"Ich rate dir, gleich aufzuhören!"
"Radím vám, aby ste v tejto chvíli prestali!"

Sie gab sich im Allgemeinen sehr gute Ratschläge
Vo všeobecnosti si dávala veľmi dobré rady
obwohl sie nur sehr selten ihren eigenen Rat befolgte
hoci sa veľmi zriedka riadila vlastnými radami
und sie war manchmal zu streng mit sich selbst
a niekedy bola na seba príliš tvrdá
und ihre Worte trieben ihr Tränen in die Augen
a jej slová jej vháňali slzy do očí
Bald fiel ihr Blick auf einen kleinen Glaskasten
Čoskoro jej zrak padol na malú sklenenú škatuľku
Der kleine Glaskasten lag unter dem Tisch
Malá sklenená škatuľka ležala pod stolom
In dem Glaskasten befand sich ein sehr kleiner Kuchen
V sklenenej krabici bol veľmi malý koláč
Auf dem Kuchen waren einige Worte schön geschrieben
Na torte boli niektoré slová krásne napísané
die Worte waren in Johannisbeeren markiert worden
slová boli označené ríbezľami
"MICH ESSEN"
"JEDZ MŇA"
"Nun, ich werde den Kuchen essen," sagte Alice
"Nuž, ja zjem koláč," povedala Alica
**"Und wenn mich der Kuchen größer werden lässt, kann ich
den Schlüssel erreichen"**
"a ak ma koláč zväčší, môžem dosiahnuť kľúč"
**"Und wenn mich der Kuchen kleiner werden lässt, kann ich
unter die Tür kriechen"**
"a ak ma koláč zmenši, môžem sa vkradnúť pod dvere"
"Also so oder so komme ich in den Garten"
"Tak či onak, dostanem sa do záhrady"
"Und es ist mir egal, was von beidem passiert!"
"A je mi jedno, čo z toho sa stane!"
Sie aß ein wenig von dem Kuchen
Zjedla kúsok koláča
und sie sprach ängstlich zu sich selbst:
a úzkostlivo si prehovorila:
"In welche Richtung? In welche Richtung?"

"Ktorýmkoľvek smerom? Ktorýmkoľvek smerom?"
und sie hielt die Hand auf den Kopf
a držala si ruku na hlave
Sie wollte spüren, in welche Richtung sie wuchs
chcela cítiť, akým spôsobom rastie
Sie war ganz überrascht, als sie erfuhr, was geschehen war
Bola dosť prekvapená, keď zistila, čo sa stalo
Sie war gleich groß geblieben!
Zostala rovnakej veľkosti!
Also verdoppelte sie dieses Mal ihre Bemühungen
Tentoraz teda zdvojnásobila svoje úsilie
Und bald war der ganze Kuchen fertig
a čoskoro dokončila celý koláč

Der Pool der Tränen
Kaluž sĺz

"Das wird immer interessanter!" rief Alice

"Toto je čoraz zaujímavejšie!" zvolala Alica

Man kann sehen, dass sie sehr überrascht war

Môžete vidieť, že bola veľmi prekvapená

"Ich öffne mich wie das größte Teleskop, das es je gab!"

"Otváram sa ako najväčší ďalekohľad, aký kedy bol!"

»Auf Wiedersehen, Füße! Oh, meine armen kleinen Füße"

"Zbohom, nohy! Ach, moje úbohé nožičky"

"Ich frage mich, wer euch jetzt die Schuhe anziehen wird, meine Lieben?"

"Som zvedavý, kto vám teraz obuje topánky, drahí?"

»und ich frage mich, wer Ihre Strümpfe anziehen wird?«

"A som zvedavý, kto ti oblečie pančuchy?"

"Ich werde viel zu weit weg sein"

"Budem príliš ďaleko"

"Ich werde mich nicht mehr um dich kümmern können"

"Už sa o teba nebudem môcť trápiť"

In diesem Augenblick schlug ihr Kopf gegen etwas

Práve v tejto chvíli jej hlava narazila na niečo

Sie hatte das Dach des Saales erreicht

dosiahla strechu haly

Tatsächlich war sie jetzt mehr als zwei Meter groß

v skutočnosti bola teraz vysoká viac ako dva metre

und sie ergriff sogleich den kleinen goldenen Schlüssel

a hneď vzala malý zlatý kľúč

und sie eilte zur Gartentür

a ponáhľala sa k záhradným dverám

Arme Alice! Es gab nicht viel, was sie tun konnte

Úbohá Alica! Nemohla toho veľa urobiť

Sie legte sich auf die Seite

Ľahla si na jednu stranu

Und sie blickte mit einem Auge in den Garten hinein

a jedným okom sa pozrela do záhrady

Aber durchzukommen war hoffnungsloser denn je

ale dostať sa cez to bolo beznádejnejšie ako kedykoľvek

predtým
Sie setzte sich und fing wieder an zu weinen
Sadla si a začala znova plakať
Sie fuhr fort, literweise Tränen zu vergießen
Pokračovala v prelievaní litrov sĺz
Bald war ein großer Pool um sie herum
čoskoro bol všade okolo nej veľký bazén
und das Wasser reichte bis zur Hälfte des Flurs
a voda siahala do polovice chodby
Nach einer Weile hörte sie ein leises Getrappel von Füßen
Po chvíli začula malé dupot nôh
Sie hörte die Füße aus der Ferne kommen
z diaľky počula chodidlá
Und sie trocknete sich hastig die Augen, um zu sehen, was kommen würde
a rýchlo si osušila oči, aby videla, čo príde
Es war das weiße Kaninchen, das zurückkehrte
Bol to Biely Králik vracajúci sa
Er war prächtig gekleidet
Bol nádherne oblečený
Er hatte ein Paar weiße Handschuhe in der einen Hand
v jednej ruke mal pár bielych rukavíc
Und in der anderen Hand hatte er einen großen Federfächer
a v druhej ruke mal veľký vejár z peria
Er kam in großer Eile dahergetrabt
Prišiel klusom vo veľkom zhone
und er murmelte vor sich hin: »Ach! die Herzogin, die Herzogin!«
a zamrmlal si pre seba: "Ach! vojvodkyňa, vojvodkyňa!"
»Ach! wird sie nicht wild sein, wenn ich sie habe warten lassen?«
"Ach! nebude divoká, keby som ju nechal čakať!"

Als das Kaninchen in ihre Nähe kam, sprach Alice
Keď sa k nej Králik priblížil, Alica prehovorila
aber sie sprach mit leiser, schüchterner Stimme
ale prehovorila tichým, nesmelým hlasom
"Sir, bitte hören Sie für einen Moment auf, was Sie tun"
"Pane, prosím, na chvíľu prestaňte s tým, čo robíte"
Das Kaninchen erschrak heftig
Králik sa prudko zľakol
Er ließ die weißen Handschuhe und den Federfächer fallen
Zhodil biele rukavice a vejár z peria
und er eilte fort in die Dunkelheit, so schnell er konnte
a utekal do tmy tak rýchlo, ako len mohol,
Alice hob den Federfächer und die Handschuhe auf
Alice zdvihla vejár z peria a rukavice
Und sie fächelte sich immer wieder Luft zu, während sie sprach
a stále sa ovívala, zatiaľ čo hovorila
»Liebes, liebes Kind! Wie seltsam ist das alles heute!"
"Drahý, drahý! Aké zvláštne je dnes všetko!"
"Gestern ging es weiter wie bisher"
"Včera to pokračovalo ako zvyčajne"
"War ich heute Morgen noch so, als ich aufgestanden bin?"
"Bol som rovnaký, keď som dnes ráno vstal?"
"Aber wenn ich nicht mehr derselbe bin, dann ist das eine

andere Frage"
"Ale ak nie som rovnaký, je tu iná otázka"
"Wer in aller Welt bin ich?"
"Kto som preboha?"
"Ah, das ist das große Rätsel!"
"Ach, to je tá veľká hádanka!"
Während sie das sagte, blickte sie auf ihre Hände hinunter
Keď to povedala, pozrela sa na svoje ruky
Sie trug einen der kleinen weißen Handschuhe des Kaninchens
mala na sebe jednu z malých bielych rukavíc králikov
Sie hatte nicht bemerkt, dass sie den Handschuh angezogen hatte, während sie sprach
Nevšimla si, že si pri rozprávaní nasadila rukavicu
"Wie konnte ich das machen?" dachte sie
"Ako som to mohla urobiť?" pomyslela si
"Ich muss wieder klein werden"
"Musím byť opäť malá"
Sie stand auf und ging zum Tisch, um ihre Größe zu messen
Vstala a išla k stolu, aby si zmerala svoju výšku
Sie stellte fest, dass sie jetzt etwa einen halben Meter groß war
zistila, že je teraz asi pol metra vysoká
und sie schrumpfte immer noch schnell
a stále sa rýchlo zmenšovala
Bald fand sie heraus, was die Ursache für das Schrumpfen war
Čoskoro zistila, čo bolo príčinou zmenšenia
Der Federfächer machte sie wieder kleiner!
Vejár peria ju opäť zmenšoval!
Und sie ließ hastig den Federfächer fallen
a rýchlo pustila vejár z peria
Sie ließ den Federfächer gerade noch rechtzeitig fallen, um sich zu retten
Pustila vejár z peria práve včas, aby sa zachránila
Hätte sie sich noch länger Luft zugefächelt, wäre sie völlig zusammengeschrumpft

Keby sa ešte viac ovívala, úplne by sa stiahla
»Das war ein knappes Entkommen!« sagte Alice
"To bol tesný únik!" povedala Alica
und sie erschrak sehr über die plötzliche Veränderung
a bola veľmi vystrašená náhlou zmenou
aber sie war sehr froh, daß sie noch da war
ale bola veľmi rada, že stále existuje
"Und jetzt ab in den Garten!"
"A teraz do záhrady!"
Und sie lief mit aller Geschwindigkeit zurück zu der kleinen Tür
A rozbehla sa celou rýchlosťou späť k malým dverám
Aber ach! Das Türchen wurde wieder geschlossen
ale, bohužiaľ! malé dvierka sa opäť zavreli
Und das goldene Schlüsselchen lag wieder auf dem Glastisch
a malý zlatý kľúč opäť ležal na sklenenom stolíku
"Es ist schlimmer als je!" dachte das arme Kind
"Veci sú horšie ako kedykoľvek predtým," pomyslelo si úbohé dieťa
"So klein war ich noch nie, niemals!"
"Nikdy predtým som nebol taký malý, nikdy!"
Bei diesen Worten rutschte ihr Fuß aus
Keď vyslovila tieto slová, noha sa jej pošmykla
Und im nächsten Augenblick gab es ein großes Plätschern!
a o chvíľu sa ozval veľký špliech!
Sie stand bis zum Kinn im Salzwasser
bola po bradu v slanej vode
Ihre erste Idee war, dass sie irgendwie ins Meer gefallen war
Jej prvá myšlienka bola, že nejako spadla do mora
Sie erkannte jedoch bald, worin sie sich befand
Čoskoro si však uvedomila, v čom je
Sie war in einer Tränenlache
bola v kaluži sĺz
die Tränen, die sie geweint hatte, als sie zwei Meter groß war
slzy, ktoré plakala, keď bola dva metre vysoká

In diesem Augenblick hörte sie etwas
Práve vtedy niečo začula
Etwas plätscherte im Pool herum
Niečo sa špliechalo v bazéne
Das Plätschern kam aus einiger Entfernung
Špliechanie prichádzalo z malej vzdialenosti
und sie schwamm näher, um zu sehen, was das Plätschern war
a plávala bližšie, aby videla, čo je to špliechanie
Bald sah sie, dass es nur eine kleine Maus war
čoskoro videla, že je to len malá myška
Auch die kleine Maus war ins Wasser geschlüpft
Myška tiež vkĺzla do vody
Alice dachte bei sich über die Situation nach
Alica sa zamyslela nad situáciou
"Würde es etwas nützen, mit dieser Maus zu sprechen?"
"Bolo by užitočné hovoriť s touto myšou?"
"Hier unten steht alles auf dem Kopf"

"Všetko je tu hore nohami"
**"Ich denke, es ist sehr wahrscheinlich, dass diese Maus
sprechen kann."**
"Myslím si, že táto myš vie hovoriť"
"Es schadet jedenfalls nicht, es zu versuchen"
"V každom prípade nie je na škodu sa o to pokúsiť"
Also begann sie zu versuchen, mit der Maus zu sprechen
Začala sa teda pokúšať rozprávať s myšou
"Oh Maus, kennst du den Weg aus diesem Pool?"
"Ach, myš, poznáš cestu von z tohto jazierka?"
"Ich bin es leid, hier herumzuschwimmen, oh Maus!"
"Som veľmi unavený z plávania tu, ó myš!"
Die Maus schaute sie ziemlich neugierig an
Myš sa na ňu pozrela dosť zvedavo
Die Maus schien mit einem ihrer kleinen Augen zu blinzeln
Zdalo sa, že myš žmurkla jedným zo svojich malých očí
Aber die kleine Maus sagte nichts
ale myška nepovedala nič
"Vielleicht versteht die Maus kein Englisch!" dachte Alice
"Možno myš nerozumie po anglicky," pomyslela si Alica
"Ich wage zu behaupten, es ist eine französische Maus"
"Trúfam si povedať, že je to francúzska myš"
**"Vielleicht kam diese Maus mit Wilhelm dem Eroberer
herüber"**
"možno táto myš prišla s Viliamom Dobyvateľom"
Also fing sie wieder an, auf Französisch
A tak začala znova, po francúzsky
"Wo ist meine Katze?", fragte sie auf Französisch
"Kde je moja mačka?" spýtala sa po francúzsky
es war der erste Satz in ihrem französischen Unterrichtsbuch
bola to prvá veta v jej učebnici francúzštiny
Die Maus machte einen plötzlichen Sprung aus dem Wasser
Myš náhle vyskočila z vody
**Und die Maus schien am ganzen Leibe vor Schreck zu
zittern**
a zdalo sa, že sa myš celá chvela od strachu
"Oh, ich bitte um Verzeihung!" rief Alice hastig

"Ach, prepáčte!" zvolala Alica rýchlo

Sie fürchtete, sie habe die Gefühle des armen Tieres verletzt

bála sa, že zranila city úbohého zvieraťa

"Ich habe ganz vergessen, dass du keine Katzen magst"

"Celkom som zabudol, že nemáš rád mačky"

"Ich mag keine Katzen!" rief die Maus mit schriller, leidenschaftlicher Stimme

"Nemám rád mačky!" zvolala Myš prenikavým, vášnivým hlasom

"Hättest du gerne Katzen, wenn du ich wärst?"

"Chceli by ste mačky, keby ste boli na mojom mieste?"

Alice tröstete die Maus in einem beruhigenden Ton

Alica utešovala myš upokojujúcim tónom

"Naja, vielleicht würde ich an deiner Stelle auch keine Katzen mögen"

"No, možno by som na tvojom mieste nemal rád mačky"

"Bitte ärgern Sie sich nicht über die Erwähnung von Katzen"

"Prosím, nehnevajte sa na zmienku o mačkách"

"Und doch wünschte ich, ich könnte dir unsere Katze Dina zeigen"

"A predsa by som si priala, aby som ti mohla ukázať našu mačku Dinah"

"Wenn du sie treffen würdest, würdest du wohl Gefallen an Katzen finden"

"Keby si ju stretol, myslím, že by si si obľúbil mačky"

"Wenn du sie nur sehen könntest"

"Keby si ju len mohol vidieť"

"Sie ist so ein liebes, stilles Ding"

"Je to taká drahá, tichá vec"

Die Maus zitterte am ganzen Körper

Myš sa celá triasla

Alice war sich sicher, dass die Maus wirklich beleidigt sein musste

Alica si bola istá, že myš musí byť naozaj urazená

"Wir reden nicht mehr über sie, wenn du lieber nicht willst"

"Už o nej nebudeme hovoriť, ak nechcete"

"Wir, allerdings!" rief die Maus

"My, naozaj!" zvolala Myš

Die Maus zitterte bis zum Ende ihres Schwanzes

Myš sa triasla až do konca chvosta

»Als ob ich über so ein Thema reden würde!«

"Akoby som mal hovoriť o takejto téme!"

"Unsere Familie hat Katzen schon immer gehasst"

"Naša rodina vždy nenávidela mačky"

"Katzen; Gemeine, niedrige, gemeine Dinger!"

"Mačky; škaredé, nízke, vulgárne veci!"

"Laß mich den Namen nicht noch einmal hören!"

"Nedovoľ mi znova počuť to meno!"

"Katzen will ich ja nicht mehr erwähnen!" sagte Alice

"Naozaj už nebudem spomínať mačky!" povedala Alica

Sie hatte es sehr eilig, das Thema zu wechseln

veľmi sa ponáhľala zmeniť tému

"Bist du... Lieben Sie Hunde?«

"Si ... máte radi psov?"

"Es gibt so einen netten kleinen Hund in der Nähe unseres Hauses."

"Neďaleko nášho domu je taký pekný malý psík,"

"Ich möchte dir den kleinen Hund zeigen!"

"Rád by som vám ukázal malého psíka!"

"Dieser kleine Hund tötet alle Ratten und...

"Tento malý pes zabije všetky potkany a...

»O je!« rief Alice in traurigem Tone

"Ach, bože!" zvolala Alica smutným tónom

»Ich fürchte, ich habe dich schon wieder beleidigt!«

"Obávam sa, že som ťa zase urazil!"

Die Maus schwamm so schnell sie konnte von ihr weg

Myš od nej plávala tak rýchlo, ako len mohla

Und die Maus machte einen ziemlichen Aufruhr im Tümpel

a myš urobila v bazéne poriadny rozruch

Da rief sie leise der Maus nach

Tak ticho zavolala za myšou

"Meine liebe Maus, komm bitte zurück!"

"Moja drahá myš, prosím, vráť sa!"

"Und wir werden nicht über Katzen sprechen"

"A nebudeme hovoriť o mačkách"
"Und über Hunde müssen wir auch nicht reden"
"A nemusíme hovoriť ani o psoch"
Als die Maus das hörte, drehte sie sich um
Keď to myš počula, otočila sa
Und die kleine Maus schwamm langsam zu ihr zurück
a malá myška pomaly plávala späť k nej
Das Gesicht der Maus war ganz blaß
Tvár myši bola celkom bledá
Und die Maus sprach mit leiser, zitternder Stimme
a myš prehovorila tichým, chvejúcim sa hlasom
"Lasst uns ans Ufer gehen"
"Poďme na breh"
"Und dann erzähle ich dir meine Geschichte"
"a potom vám poviem svoju históriu"
**"Und du wirst verstehen, warum ich Katzen und Hunde
hasse"**
"A pochopíte, prečo nenávidím mačky a psy"
Es war höchste Zeit zu gehen
Bol najvyšší čas ísť
weil der Pool ziemlich voll wurde
pretože bazén bol dosť preplnený
Andere Vögel und Tiere waren in den Pool gefallen
Ostatné vtáky a zvieratá spadli do bazéna
es gab eine Ente und einen Dodo
boli tam kačica a blbát
und da waren ein Lory-Vogel und ein Adler
a bol tam vták Lory a orlík
**und es gab noch einige andere interessant aussehende
Kreaturen**
a bolo tam niekoľko ďalších zaujímavo vyzerajúcich tvorov
Alice führte den Weg aus dem Pool
Alice viedla cestu von z bazéna
und die ganze Gesellschaft der Tiere schwamm ans Ufer
a celá skupina zvierat plávala k brehu

Ein Caucus-Rennen und ein langer Schwanz
Preteky a dlhý chvost

Es waren in der Tat ein lustig aussehender Haufen Tiere
Bola to skutočne smiešne vyzerajúca banda zvierat
und sie versammelten sich alle am Ufer des Wassers
a všetci sa zhromaždili na brehu vody
die Vögel hatten alle zerzauste Federn
všetky vtáky mali ošúchané perie
und die pelzigen Tiere waren durchnässt
a chlpaté zvieratá boli premočené
und alle waren triefend nass, genervt und unwohl
a všetci boli mokrí, otrávení a nepríjemní

Es gab eine Frage, die zuerst beantwortet werden musste
Najprv bolo potrebné odpovedať na jednu otázku
Was ist der beste Weg für alle, um trocken zu werden?
Aký je najlepší spôsob, ako sa každý môže vysušiť?
Sie hatten eine Konsultation zu diesem Thema
Mali konzultáciu o tejto záležitosti

Bald waren sie alle auf vertrautem Einvernehmen
čoskoro boli všetci v známych vzťahoch
Es war, als ob sie sie ihr ganzes Leben lang gekannt hätte
bolo to, akoby ich poznala celý život
Die Maus schien eine Person mit einer gewissen Autorität zu sein
Myš sa zdala byť osobou s určitou autoritou
"Setzt euch, ihr alle, und hört mir zu!
"Sadnite si všetci a počúvajte ma!
"Ich werde euch bald wieder alle trocken machen!"
"Čoskoro vás všetkých opäť vysuším!"
Sie setzten sich alle auf einmal in einem großen Ring nieder
Všetci si sadli naraz, do veľkého kruhu
Und die kleine Maus saß in der Mitte
a myška sedela uprostred
"Ähm!" sagte die Maus mit einer wichtigen Miene
"Ehm!" povedala myš s dôležitým výrazom
"Seid ihr bereit?"
"Ste všetci pripravení?"
"Das ist das Trockenste, was ich kenne"
"Toto je tá najsuchšia vec, akú poznám"
»Schweigen Sie ringsum, wenn Sie wollen!«
"Ticho všade naokolo, ak chcete!"
"Wilhelm der Eroberer wurde vom Papst begünstigt"
"Viliam Dobyvateľ bol pápežom obľúbený"
"aber er wurde bald von den Engländern unterworfen"
"ale čoskoro sa mu Angličania podriadili"
"Sie wollten in letzter Zeit Führer"
"V poslednej dobe chceli lídrov"
"Und sie waren an Macht und Eroberung gewöhnt"
"a boli zvyknutí na moc a dobývanie"
"Edwin und Morcar, die Grafen von Mercia und Northumbria"
"Edwin a Morcar, grófi z Mercie a Northumbrie"
»Pfui!« sagte der Lori-Vogel mit einem Schauer
"Fuj!" povedal vták lori a zachvel sa
"und sogar Stigand, der patriotische Erzbischof von

Canterbury"
"a dokonca aj Stigand, vlastenecký arcibiskup z Canterbury"
"Er fand es auch ratsam"
"Tiež to považoval za vhodné"
"Was hielt er für ratsam?" fragte die Ente
"Čo považoval za vhodné?" spýtala sa kačica
"Er fand es ratsam", antwortete die Maus ziemlich verärgert
"Považoval to za vhodné," odpovedala myš dosť podráždene
aber die Ente war nicht zufrieden
ale kačica nebola spokojná
"Natürlich weißt du, was 'es' bedeutet"
"Samozrejme, viete, čo znamená 'to'
"Ich weiß, was es ist, wenn ich etwas finde," sagte die Ente
"Viem, čo je to, keď niečo nájdem," povedala kačica
"Es ist in der Regel ein Frosch oder ein Wurm"
"Vo všeobecnosti je to žaba alebo červ"
"Die Frage ist, was hat der Erzbischof gefunden?"
"Otázkou je, čo arcibiskup našiel?"
Die Maus bemerkte diese Frage nicht
Myš si túto otázku nevšimla
Stattdessen fuhr die Maus hastig mit der Rede fort
namiesto toho myš rýchlo pokračovala v reči
"Er fand es ratsam, mit Edgar Atheling zu gehen"
"považoval za vhodné ísť s Edgarom Athelingom"
"um William zu treffen und ihm die Krone anzubieten"
"stretnúť sa s Viliamom a ponúknuť mu korunu"
fuhr die Maus fort und wandte sich dabei an Alice
myš pokračovala a otočila sa k Alici, keď hovorila
»Wie geht es dir jetzt, meine Liebe?«
"Ako sa ti darí, moja drahá?"
»So naß wie immer,« sagte Alice in melancholischem Tone
"Mokrá ako vždy," povedala Alica melancholickým tónom
**"Diese Geschichte scheint mich überhaupt nicht
auszutrocknen"**
"Zdá sa, že tento príbeh ma vôbec nevysušuje"
»In diesem Falle,« sagte der Dodo feierlich und erhob sich
"V tom prípade," povedal blbát slávnostne a vstal

"Ich stimme dafür, dass die Sitzung vertagt wird"

"Hlasujem za prerušenie schôdze"

"und ich schlage vor, sofort energischere Heilmittel zu ergreifen"

"a navrhujem okamžité prijatie energickejších prostriedkov"

"Sprich wahre Worte!" sagte der Adler

"Hovor skutočné slová!" povedal orlík

"Ich weiß nicht, was die Hälfte dieser langen Worte bedeutet"

"Nepoznám význam polovice tých dlhých slov"

»und außerdem glaube ich nicht, daß Sie es wissen!«

"A čo viac, neverím, že to viete ani vy!"

»Was ich sagen wollte«, sagte der Dodo in beleidigtem Ton

"Čo som chcel povedať," povedal blbát urazeným tónom

"Das Beste, was uns trocken kriegt, wäre ein Caucus-Rennen"

"Najlepšia vec, ktorá nás dostane do sucha, by boli preteky v klube"

»Was ist ein Caucus-Rennen?« fragte Alice

"Čo je to volebná rasa?" spýtala sa Alice

"Nun", sagte der Dodo, "der beste Weg, es zu erklären, ist, es zu tun."

"Nuž," povedal dront, "najlepší spôsob, ako to vysvetliť, je urobiť to."

"Zuerst steckte der Dodo eine Rennbahn ab"

"Najprv dodo vyznačil dostihovú dráhu"

"Die Strecke verlief in einer Art Kreis"

"Skladba bola v akomsi kruhu"

"Und dann wurde die ganze Gesellschaft entlang der Strecke platziert"

"A potom bola celá skupina umiestnená pozdĺž trati"

Es gab kein "Eins, zwei, drei und weg!"

Nebolo tam žiadne "Raz, dva, traja a preč!"

aber sie fingen an zu rennen, wann sie wollten

ale začali utekať, keď sa im zapáčilo

Und sie beendeten auch, wenn sie wollten

a tiež skončili, keď sa im zapáčilo

Es war also nicht einfach zu wissen, wann das Rennen vorbei war

Nebolo teda ľahké zistiť, kedy sa preteky skončili

Nach etwa einer halben Stunde Laufen waren sie alle ziemlich trocken

asi po pol hodine behu boli všetky celkom suché

der Dodo rief plötzlich: "Das Rennen ist vorbei!"

blbát zrazu zavolal: "Preteky sa skončili!"

Und sie drängten sich alle um den Dodo

A všetci sa tlačili okolo dronta

Alle Tiere hechelten und schnauften

Všetky zvieratá lapali po dychu a fúkali

und sie alle wollten wissen: "Aber wer hat gewonnen?"

a všetci chceli vedieť: "Ale kto vyhral?"

Diese Frage konnte der Dodo nicht sofort beantworten

Na túto otázku nedokázal blboun okamžite odpovedať

Zuerst musste er sehr viel nachdenken

najprv musel veľa premýšľať

Nach langem Nachdenken sprach der Dodo schließlich

Po dlhom premýšľaní dodo konečne prehovoril
"Jeder hat gewonnen, und jeder muss Preise haben"
"Každý vyhral a všetci musia mať ceny"
»Aber wer soll die Preise geben?« fragte ein Chor von Stimmen
"Ale kto má dať ceny?" spýtal sa zbor hlasov
"Nun, sie natürlich", sagte der Dodo
"No, samozrejme, ona," povedal dront
und der Dodo deutete mit einem Finger auf Alice
a dodo ukázal jedným prstom na Alice
und die ganze Gesellschaft von Tieren drängte sich um sie
a celá skupina zvierat sa tlačila okolo nej
sie riefen verwirrt: »Preise! Preise!"
zmätene volali: "Ceny! Ceny!"
Alice hatte keine Ahnung, was sie tun sollte
Alica netušila, čo má robiť
Verzweifelt steckte sie die Hand in die Tasche
V zúfalstve si strčila ruku do vrecka
Und sie zog eine Schachtel mit Süßigkeiten hervor
a vytiahla škatuľku sladkostí
Glücklicherweise war das Salzwasser nicht in den Kasten gelangt
Našťastie sa slaná voda nedostala do krabice
Und sie reichte die Süßigkeiten als Preise herum
a rozdávala sladkosti ako ceny
Es gab genau ein Stück für jeden
Bol tu presne jeden kus pre každého
Das nächste, was sie tun mussten, war, die Süßigkeiten zu essen
Ďalšia vec, ktorú museli urobiť, bolo zjesť sladkosti
Dies verursachte einige Geräusche und Verwirrung
To spôsobilo určitý hluk a zmätok
Die großen Vögel klagten, dass sie ihre Süßigkeiten nicht schmecken konnten
veľké vtáky sa sťažovali, že nemôžu ochutnať svoje sladkosti
Die Kleinen verschluckten sich und mussten auf den Rücken geklopft werden

malé sa dusili a museli sa potľapkať po chrbte
Doch dann war es endlich vorbei
Konečne však bolo po všetkom
Und sie setzten sich wieder in einem Ring nieder
a opäť si sadli do kruhu
Und sie flehten die Maus an, ihnen noch etwas zu erzählen
a prosili myš, aby im povedala ešte niečo
»Du hast versprochen, mir deine Geschichte zu erzählen, weißt du,« sagte Alice
"Sľúbila si, že mi povieš svoju históriu, vieš," povedala Alica
und sie machte noch eine kleine Bemerkung über Katzen im Flüsterton
a šepkom urobila ďalšiu malú poznámku o mačkách
Sie wollte die Maus nicht noch einmal beleidigen
Nechcela myš znova uraziť
die kleine Maus drehte sich zu Alice um und seufzte
myška sa otočila k Alice a vzdychla si.
"Meine Geschichte ist lang und traurig!"
"Môj príbeh je dlhý a smutný!"
»Es ist gewiß ein langer Schwanz,« sagte Alice
"Je to určite dlhý chvost," povedala Alica
Und sie blickte verwundert auf den Schwanz der Maus hinunter
a s úžasom pozrela na myšin chvost
"Aber warum nennst du es einen traurigen Schwanz?"
"Ale prečo to nazývate smutným chvostom?"
Und sie rätselte unaufhörlich, während die Maus sprach
A stále si o tom lámala hlavu, zatiaľ čo myš hovorila
so daß ihre Vorstellung von der Geschichte ungefähr so aussah
takže jej predstava o príbehu bola asi taká

"Fury said to
a mouse, That
he met in the
house, 'Let
us both go
to law: *I*
will prosecute
you.——
Come, I'll
take no denial:
We must have
the trial;
For really
this morning
I've
nothing
to do.'
Said the
mouse to
the cur,
'Such a
trial, dear
sir, With
no jury
or judge,
would
be wasting
our
breath.'
'I'll be
judge,
I'll be
jury,'
said
cunning
old
Fury;
'I'll
try
the
whole
cause,
and
condemn
you to
death.'"

Fury sagte zu einer Maus, die er im Haus getroffen hat."
Zúrivosť povedala myši: "Že sa stretol v dome"
Lasst uns beide vor Gericht gehen: Ich werde euch anklagen
Poďme obaja na súd: Budem vás stíhať
Kommen Sie, ich leugne es nicht: Wir müssen den Prozeß haben
Poďte, nebudem popierať: Musíme mať súd
Denn heute morgen habe ich wirklich nichts zu tun
Pretože dnes ráno naozaj nemám čo robiť

Sagte die Maus zum Pfarrer;
Povedala myš kliatbe;
Ein solcher Prozeß, lieber Herr, ohne Geschworene und Richter, würde uns den Atem rauben
Takýto proces, drahý pane, bez poroty alebo sudcu by nám plytval dychom
»Ich werde Richter sein, ich werde Geschworener sein«, sagte der schlaue alte Fury
"Budem sudcom, budem porotcom," povedal prefíkaný starý Fury
Ich werde die ganze Sache prüfen und dich zum Tode verurteilen
Skúsim celú vec a odsúdim ťa na smrť
die Maus sprach streng zu Alice
myš prehovorila prísne k Alice
"Du passt nicht auf!"
"Nevenuješ pozornosť!"
"Woran denkst du?"
"Na čo myslíš?"
»Ich bitte um Verzeihung,« sagte Alice sehr demütig
"Prepáčte," povedala Alica veľmi pokorne
»Sie waren in der fünften Kurve angelangt, glaube ich?«
"Myslím, že ste sa dostali do piatej zákruty?"
"Du beleidigst mich, indem du so einen Unsinn redest!"
"Urážate ma tým, že hovoríte také nezmysly!"
Und die Maus stand auf und ging weg
a myš vstala a odišla
Alice rief der kleinen Maus hinterher
Alica zavolala na malú myšku
"Bitte komm zurück und beende deine Geschichte!"
"Prosím, vráťte sa a dokončite svoj príbeh!"
Und die andern stimmten alle in den Chor ein
A všetci ostatní sa pripojili v zbore
"Ja, bitte beenden Sie Ihre Geschichte!"
"Áno, prosím, dokončite svoj príbeh!"
Aber die Maus schüttelte nur ungeduldig den Kopf
Ale myš len netrpezlivo pokrútila hlavou

Und die kleine Maus ging ein wenig schneller
a myška kráčala o niečo rýchlejšie
"Ich wünschte, ich hätte Dinah, unsere Katze, hier!" sagte Alice
"Kież by som tu mala Dinah, našu mačku!" povedala Alica
Dies erregte in der Partei ein bemerkenswertes Aufsehen
To vyvolalo v strane pozoruhodnú senzáciu
Einige der Vögel eilten sofort davon
Niektoré vtáky sa okamžite ponáhľali preč
und ein Kanarienvogel rief mit zitternder Stimme seinen Kindern zu;
a kanárik zavolal trasúcim sa hlasom na svoje deti;
»Kommt fort, meine Lieben!«
"Poďte preč, moji drahí!"
"Es ist höchste Zeit, dass ihr alle im Bett seid!"
"Je najvyšší čas, aby ste boli všetci v posteli!"
Mit verschiedenen Ausreden gingen sie alle weg
s rôznymi výhovorkami všetci odišli
und Alice war bald allein
a Alica čoskoro zostala sama
"Ich wünschte, ich hätte Dina nicht erwähnt!"
"Prial by som si, aby som nespomenul Dinah!"
"Niemand scheint sie hier unten zu mögen"
"Zdá sa, že ju tu dole nikto nemá rád"
"Aber ich bin mir sicher, dass sie die beste Katze von der Welt ist!"
"Ale som si istý, že je to najlepšia mačka na svete!"
Die arme Alice fing wieder an zu weinen
Úbohá Alica začala opäť plakať
weil sie sich sehr einsam und niedergeschlagen fühlte
pretože sa cítila veľmi osamelá a skľúčená
Nach einer Weile aber hörte sie wieder etwas
O chvíľu však opäť niečo počula
ein leises Getrappel von Schritten in der Ferne
malé dupot krokov v diaľke
und sie blickte eifrig auf
a dychtivo zdvihla zrak

Der Hase schickt den kleinen Mr. Bill herein
Králik posiela malého pána Billa

**Es war das weiße Kaninchen, das langsam wieder
zurücktrabte**
Bol to biely králik, ktorý pomaly klusal späť
Er sah sich ängstlich um, während er ging
Úzkostlivo sa rozhliadol, keď išiel
Er sah aus, als hätte er etwas verloren
Vyzeral, akoby niečo stratil
Alice hörte, wie er vor sich hin murmelte
Alica ho počula mrmlať si pre seba
»Die Herzogin! Die Herzogin! Oh, meine lieben Pfoten!"
"Vojvodkyňa! Vojvodkyňa! Ach, moje drahé labky!"
"Oh, mein Fell und meine Schnurrhaare!"
"Ach, moja srsť a fúzy!"
"Sie wird mich hinrichten lassen, da bin ich mir sicher"
"Nechá ma popraviť, tým som si istý"
"Genauso sicher, wie Frettchen Frettchen sind!"
"Práve tak isté, ako sú fretky fretkami!"
**"Wo kann ich meine Sachen abgestellt haben, frage ich
mich?"**
"Zaujímalo by ma, kde som mohol nechať svoje veci?"
Alice erriet in einem Augenblick, was er suchte
Alica v okamihu uhádla, čo hľadá

Er war auf der Suche nach dem Federfächer

Hľadal vejár z peria

Und er suchte nach dem Paar weißer Handschuhe

a hľadal pár bielych rukavíc

So machte sie sich sehr gutmütig auf die Suche nach den Handschuhen

A tak veľmi dobromyseľne začala hľadať rukavice

Und sie suchte auch nach dem Federfächer

a hľadala aj vejár z peria

Aber die Handschuhe und der Federfächer waren nirgends zu sehen

ale rukavice a vejár z peria neboli nikde vidieť

Alles schien sich verändert zu haben, seit sie im Pool geschwommen war

Zdalo sa, že všetko sa zmenilo od jej plávania v bazéne

Nichts war mehr so, wie es war, seit sie in der Großen Halle gewesen war

Nič nebolo ako predtým, odkedy bola vo Veľkej sieni

und der Glastisch war verschwunden

a sklenený stôl zmizol,

Und die kleine Tür war auch nicht da

A malé dvierka tam tiež neboli

Sehr bald bemerkte das Kaninchen Alice

Veľmi skoro si králik všimol Alice

rief er ihr in zornigem Ton zu

Zavolal na ňu nahnevaným tónom

"Mary Ann, was machst du hier draußen?"

"Mary Ann, čo tu robíš?"

"Lauf in diesem Moment nach Hause"

"V tejto chvíli utečte domov"

"Und hol mir ein Paar Handschuhe und einen Federfächer!"

"A prines mi rukavice a vejár z peria!"

"Und beeil dich!"

"A ponáhľaj sa!"

Alice sprach mit sich selbst, als sie davonrannte

Alica hovorila sama pre seba, keď utekala

"Er muss mich für sein Hausmädchen gehalten haben!"

"Musel si ma pomýliť so svojou slúžkou!"
"Wie überrascht wird er sein, wenn er herausfindet, wer ich bin!"
"Aký bude prekvapený, keď zistí, kto som!"
Während sie dies sagte, stieß sie auf ein hübsches Häuschen
Keď to povedala, narazila na úhľadný domček
An der Tür des Hauses hing eine helle Messingplatte
Na dverách domu bola svetlá mosadzná doska
"W. HASE"
"W. KRÁLIK"
Sie trat ein, ohne an die Tür zu klopfen
Vošla dnu bez toho, aby zaklopala na dvere
und sie eilte geradewegs die Treppe hinauf
a ponáhľala sa rovno hore
sie machte sich Sorgen, dass sie die echte Mary Ann treffen könnte
bála sa, že by mohla stretnúť skutočnú Mary Ann
denn dann würde sie aus dem Haus gejagt werden
Pretože potom by ju vyhnali z domu
Und sie würde den Federfächer und die Handschuhe nicht finden können
a nebola by schopná nájsť vejár z peria a rukavice
Alice hatte den Weg in ein aufgeräumtes Kämmerlein gefunden
Alica si našla cestu do upratanej malej izby
Im Zimmer stand ein Tisch am Fenster
V izbe bol stôl pri okne
und auf dem Tisch stand ein Federfächer
a na stole bol vejár z peria
Und da waren zwei oder drei Paar winzige weiße Handschuhe
a boli tam dva alebo tri páry malých bielych rukavíc
Sie hob den Federfächer und ein Paar Handschuhe auf
Zdvihla vejár z peria a pár rukavíc
und sie war eben im Begriff, das Zimmer zu verlassen
a práve sa chystala opustiť miestnosť
Aber dann fiel ihr Blick auf ein Fläschchen

ale potom jej oči padli na malú fľaštičku
Sie entkorkte die Flasche und führte sie an ihre Lippen
Odzátkovala fľašu a priložila si ju k perám
"Ich hoffe, dass ich dadurch wieder groß werde"
"Dúfam, že ma to opäť prinúti vyrásť"
"Ich bin es leid, so ein winziges Ding zu sein!"
"Som unavený z toho, že som taká maličkosť!"
Alice hatte kaum die halbe Flasche getrunken
Alica vypila sotva polovicu fľaše
Ihr Kopf drückte bereits gegen die Decke
hlava jej sa už tlačila na strop
und sie musste sich bücken
a musela sa skloniť
um ihr das Genick vor dem Genickbruch zu bewahren
aby si zachránila krk pred zlomením
Hastig stellte sie die Flasche ab
Rýchlo odložila fľašu
"Das reicht"
"To je celkom dosť"
"Ich hoffe, ich wachse nicht mehr"
"Dúfam, že už nebudem rásť"
Leider! Es war zu spät, das zu wünschen!
Bohužiaľ! Bolo príliš neskoro si to želať!
Sie wuchs und wuchs weiter
Rástla a rástla
und sehr bald musste sie sich auf den Boden knien
a veľmi skoro si musela kľaknúť na zem
und selbst dann wuchs sie weiter
a aj vtedy rástla
Als letztes Mittel streckte sie einen Arm aus dem Fenster
Ako posledný zdroj vystrčila jednu ruku z okna
und sie setzte einen Fuß auf den Schornstein
a vystrčila jednu nohu do komína
"Jetzt kann ich nicht mehr, was auch immer passiert"
"Teraz už nemôžem urobiť viac, nech sa stane čokoľvek"
»Was wird aus mir?«
"Čo sa so mnou stane?"

Alice hatte Glück
Alice mala šťastie
Das kleine Zauberfläschchen hatte seine volle Wirkung entfaltet
Malá kúzelná fľaštička mala svoj plný účinok
und Alice wurde nicht größer, als sie war
a Alica nerástla, ako bola
Nach ein paar Minuten hörte sie draußen eine Stimme
Po niekoľkých minútach začula vonku hlas
Und sie blieb stehen, um der Stimme zu lauschen
a zastavila sa, aby počúvala hlas
»Mary Ann! Mary Ann!« sagte die Stimme
"Mary Ann! Mary Ann!" povedal hlas
"Hol mir gleich meine Handschuhe!"
"Prines mi teraz moje rukavice!"
Dann ertönte ein leises Getrappel von Füßen auf der Treppe
Potom sa ozvalo malé dupot nôh na schodoch
Alice wusste, dass es das Kaninchen war, das kam, um sie zu

suchen

Alica vedela, že je to králik, ktorý ju prichádza hľadať

und sie zitterte, bis sie das Haus erschütterte

a triasla sa, až otriasla domom

Sie vergaß ganz, welche Proportionen sie hatte

Celkom zabudla, aké sú jej proporcie

Sie war tausendmal so groß wie das Kaninchen

bola tisíckrát väčšia ako králik

und sie hatte keinen Grund, sich vor einem Kaninchen zu fürchten

a nemala dôvod báť sa králika

Bald kam das Kaninchen an die Tür heran

O chvíľu králik prišiel k dverám

Und das kleine Kaninchen versuchte, die Tür zu öffnen

a malý králik sa pokúsil otvoriť dvere

Die Tür begann sich nach innen zu öffnen

dvere sa začali otvárať dovnútra

aber Alices Ellbogen wurde hart gegen die Tür gedrückt

ale Alicin lakeť bol silno pritlačený k dverám

Dieser Versuch erwies sich als Fehlschlag

tento pokus sa ukázal ako neúspešný

Alice hörte, wie das Kaninchen mit sich selbst sprach

Alica počula králika hovoriť sám k sebe

"Dann gehe ich herum und steige durch das Fenster ein"

"Potom pôjdem okolo a dostanem sa dnu cez okno"

"Das wirst du nicht!" dachte Alice

"To nebudete!" pomyslela si Alica

und sie wartete wieder ein wenig

a zase chvíľu čakala

Bald hörte sie das Kaninchen gerade unter dem Fenster

čoskoro začula králika tesne pod oknom

Plötzlich streckte sie ihre Hand aus

Zrazu roztiahla ruku

Und sie machte einen Sprung in die Luft

a vytrhla sa do vzduchu

Sie bekam nichts in die Finger

Nič sa jej nepodarilo

aber sie hörte einen kleinen Schrei und einen Sturz

ale počula malý výkrik a pád

und sie hörte ein Krachen von zerbrochenem Glas

a počula buchnutie rozbitého skla

Vielleicht war das Kaninchen gefallen

Možno zajac spadol

Vielleicht war er in einem Gewächshaus

možno bol v skleníku

Dann ertönte eine zornige Stimme; Die Stimme des Kaninchens

Potom sa ozval nahnevaný hlas; Králiči hlas

"Pat, wo bist du?"

"Pat, kde si?"

Und dann ertönte eine Stimme, die sie noch nie zuvor gehört hatte

A potom sa ozval hlas, ktorý nikdy predtým nepočula

"Euer Ehren, ich bin hier!"

"Vaša ctihodnosť, som tu!"

"Ich grabe nach Äpfeln"

"Kopem jablká"

»Hier! Komm und hilf mir da raus!"

"Tu! Poď a pomôž mi z toho vstať!"

»Nun sag mir, Pat, was ist das da im Fenster?«

"Teraz mi povedz, Pat, čo je to v okne?"

"Sicher, Euer Ehren, ich werde es Ihnen sagen"

"Iste, vaša ctihodnosť, poviem vám"

"Das ist ein Arm, der im Fenster steckt!"

"Je to ruka, ktorá je v okne!"

"Na ja, da hat ein Arm nichts zu suchen"

"No, ruka tam nemá čo robiť"

"Geh und nimm den Arm weg!"

"Choď a vezmi ruku preč!"

Hierauf trat ein langes Schweigen ein

Potom nastalo dlhé ticho

und Alice konnte nur ab und zu ein Flüstern hören

a Alica len občas počula šepot

und endlich streckte sie die Hand wieder aus

a nakoniec opäť roztiahla ruku
Und sie machte einen weiteren Sprung in die Luft
a urobila ďalšie trhnutie vo vzduchu
Diesmal gab es zwei kleine Schreie
Tentoraz sa ozvali dva malé výkriky
und es gab noch mehr Geräusche von zerbrochenem Glas
a bolo počuť ďalšie zvuky rozbitého skla
"Ich möchte wohl wissen, was sie nun tun werden!" dachte Alice
"Som zvedavá, čo urobia ďalej!" pomyslela si Alica
"Ich wünschte, sie würden mich aus dem Fenster ziehen"
"Prial by som si, aby ma vytiahli z okna"
Sie wartete eine Weile
Chvíľu čakala
aber eine Weile hörte sie nichts mehr
ale chvíľu už nič nepočula
Endlich ertönte das Rumpeln kleiner Rädchen
Konečne sa ozvalo dunenie malých koliesok
Und da ertönten viele Stimmen
a ozvalo sa veľa hlasov
Alle Stimmen sprachen miteinander
Všetky hlasy sa rozprávali spolu
Sie konnte einige der Worte verstehen
Dokázala rozoznať niektoré slová
"Wo ist die andere Leiter?"
"Kde je druhý rebrík?"
"Bill hat die andere Leiter"
"Bill má druhý rebrík"
"Bill, komm her!"
"Bill, poď sem!"
"Wird das Dach die Last tragen?"
"Unesie strecha bremeno?"
"Wer will schon den Schornstein hinuntergehen?"
"Kto chce ísť dole komínom?"
»Nein, das werde ich nicht! Du machst es!"
"Nie, nebudem! Urob to!"
»Hier, Bill!«

"Tu, Bill!"
"Der Meister sagt, du musst in den Schornstein hinunter!"
"Majster hovorí, že musíš ísť komínom!"
Alice zog ihren Fuß so weit den Schornstein hinab, wie sie konnte
Alica stiahla nohu dolu komínom tak ďaleko, ako len mohla
Und dann wartete sie, was kommen würde
a potom čakala, čo príde
Sie hörte ein kleines Tier kratzen und krabbeln
Počula malé zviera škriabať sa a šplhať
Das Tierchen muss sich im Schornstein befinden
Malé zviera musí byť v komíne
dann gab sie einen scharfen Tritt
Potom dala jeden ostrý kopanec
Und sie wartete ab, was als nächstes geschehen würde
a čakala, čo sa bude diať ďalej
Sie hörte einen allgemeinen Chor von Stimmen
Počula všeobecný zbor hlasov
"Da geht Bill!", sagten alle
"Odchádza Bill!" povedali všetci
Dann hörte sie allein die Stimme des Kaninchens
Potom počula zajradí hlas sám
"Du an der Hecke, fang ihn!"
"Ty pri živom plote, chyť ho!"
Es trat wieder ein Augenblick des Schweigens ein
Nastala ďalšia chvíľa ticha
Und dann gab es wieder ein Stimmengewirr
a potom nastal ďalší zmätok hlasov
"Halt seinen Kopf hoch, Brandy"
"Zdvihni mu hlavu, Brandy"
"Pass auf, dass du ihn nicht würgst"
"Dávajte si pozor, aby ste ho neudusili"
"Was ist mit dir passiert?"
"Čo sa ti stalo?"
Zuletzt kam eine kleine, schwache, quietschende Stimme
Posledný sa ozval slabý, vŕzgavý hlas
"Nun, ich weiß es kaum mehr"

"No, už to neviem"
"Danke euch allen, mir geht es jetzt besser"
"Ďakujem vám všetkým, teraz je mi lepšie"
"Es gibt eine Sache, an die ich mich erinnern kann"
"je jedna vec, ktorú si pamätám"
"Irgendetwas kommt auf mich zu wie ein Zug im Tunnel"
"Niečo na mňa prichádza ako vlak v tuneli"
"Und ich fliege hoch wie eine Rakete!"
"A ja letím hore ako raketa!"
Es gab ein oder zwei Minuten des Schweigens
Bola minúta alebo dve ticha
Und dann fingen sie wieder an, sich zu bewegen
a potom sa začali opäť pohybovať
und Alice hörte das Kaninchen wieder sprechen
a Alica počula Králika opäť hovoriť
"Ein Karren voll reicht für den Anfang"
"Na začiatok bude stačiť mohyla"
"Einen Karren voll wovon?" dachte Alice
"Kopec čoho?" pomyslela si Alica
Aber sie wurde nicht lange in Atem gehalten
Ale nebola dlho držaná v napätí
Ein Regen von kleinen Kieselsteinen drang durch das Fenster
Cez okno prišla spŕška malých kamienkov
und einige der kleinen Kieselsteine trafen sie im Gesicht
a niektoré z malých kamienkov ju zasiahli do tváre
Alice wunderte sich über die kleinen Kieselsteine
Alica bola prekvapená malými kamienkami
all die kleinen Kieselsteine verwandelten sich in Kuchen
všetky malé kamienky sa menili na koláče
und eine glänzende Idee kam ihr in den Kopf
a v hlave jej prišiel skvelý nápad
"Einen von diesen Kuchen sollte ich essen"
"Mal by som zjesť jeden z týchto koláčov"
"Der Kuchen wird sicher etwas an meiner Größe ändern"
"Torta určite zmení moju veľkosť"
Also schluckte sie einen der Kuchen

Tak prehltla jeden z koláčov
und sie freute sich, als sie feststellte, dass sie anfing zu schrumpfen
a potešilo ju, keď zistila, že sa začala zmenšovať
Bald war sie klein genug, um durch die Tür zu kommen
čoskoro bola dosť malá na to, aby prešla dverami
Sie rannte aus dem Haus
Vybehla z domu
Draußen wartete eine Menge kleiner Tiere und Vögel
Vonku čakal dav malých zvierat a vtákov
alle kleinen Vögel und Tiere stürzten sich auf Alice
všetky malé vtáčiky a zvieratká sa vrhli na Alice
aber sie rannte davon, so schnell sie konnte
ale utiekla tak rýchlo, ako len mohla
und bald fand sie sich sicher in einem dichten Walde
a čoskoro sa ocitla v bezpečí v hustom lese
Alice irrte im Walde umher
Alica sa túlala po lese
Und sie dachte bei sich:
a pomyslela si:
"Ich weiß, was ich zuerst zu tun habe"
"Viem, čo musím urobiť ako prvé"
"erst muss ich wieder auf meine richtige Größe wachsen"
"najprv musím opäť narásť do správnej veľkosti"
"Und dann muss ich den Weg in diesen schönen Garten finden"
"a potom si musím nájsť cestu do tej krásnej záhrady"
"Ich glaube, ich sollte irgendetwas essen oder trinken"
"Myslím, že by som mal niečo zjesť alebo vypiť"
"Aber die Frage ist, was soll ich essen oder trinken?"
"ale otázka znie, čo mám jesť alebo piť?"
Alice blickte sich um und betrachtete die Blumen
Alica sa pozrela všade okolo seba na kvety
Und sie schaute durch die Grashalme hindurch
a pozrela sa cez steblá trávy
aber sie konnte nichts zu essen und zu trinken sehen
ale nevidela nič na jedenie ani pitie

Nichts sah nach dem Richtigen zum Essen oder Trinken aus
nič nevyzeralo ako správna vec na jedenie alebo pitie
In ihrer Nähe wuchs ein großer Pilz
Neďaleko nej rástla veľká huba
der Pilz war ungefähr so groß wie Alice
huba bola približne rovnako vysoká ako Alice
Sie streckte sich auf den Zehenspitzen auf
Natiahla sa na špičkách
Und sie guckte über den Rand des Pilzes
a nazrela cez okraj huby
Ihre Augen trafen sofort die Augen einer großen blauen Raupe
jej oči sa okamžite stretli s očami veľkej modrej húsenice
Die Raupe saß auf der Spitze des Pilzes
Húsenica sedela na vrchole huby
und die Raupe hatte alle Arme gekreuzt
a húsenica mu prekrížila všetky ruky
Und er rauchte leise eine lange Wasserpfeife
a potichu fajčil dlhú vodnú fajku
und er nahm nicht die geringste Notiz von irgendetwas
a nič si ani v najmenšom nevšímal
und er achtete gewiß nicht auf Alice
a určite nevenoval pozornosť Alice

Endlich nahm die Raupe die Shisha aus dem Maul
Konečne húsenica vytiahla vodnú fajku z úst
und er redete Alice mit einer trägen, schläfrigen Stimme an
a oslovil Alicu malátnym, ospalým hlasom
"Wer bist du?" fragte die Raupe
"Kto si?" spýtala sa húsenica

Alice antwortete etwas schüchtern: "Ich weiß es kaum, Sir."
Alica odpovedala, dosť hanblivo: "Sotva viem, pane."
"Gerade im Moment ist alles ein bisschen..."
"Len v tejto chvíli je to všetko trochu..."
"Ich weiß, wer ich war, als ich heute Morgen aufgestanden bin."
"Viem, kto som bol, keď som dnes ráno vstal."
"aber ich glaube, ich muss mich seitdem mehrmals verändert haben"
"ale myslím, že som sa odvtedy musel niekoľkokrát zmeniť"
"Was meinst du damit?" sagte die Raupe
"Čo tým myslíte?" spýtala sa húsenica

Streng forderte die Raupe sie auf, sich zu erklären

Húsenica ju prísne požiadala, aby sa vysvetlila

»Ich kann mich nicht erklären, fürchte ich, Sir«, sagte Alice

"Obávam sa, že sa neviem vysvetliť, pane," povedala Alica

"weil ich nicht ich selbst bin"

"pretože nie som sám sebou"

**"Du siehst, es ist sehr verwirrend, so viele verschiedene
Größen an einem Tag zu haben"**

"Vidíte, mať toľko rôznych veľkostí za deň je veľmi mätúce"

Sie raffte sich auf und sagte sehr ernst:

Vytiahla sa a povedala veľmi vážne:

"Ich denke, du solltest mir zuerst sagen, wer du bist"

"Myslím, že by si mi mal najprv povedať, kto si."

"Warum?" fragte die Raupe

"Prečo?" spýtala sa húsenica

Alice fiel kein guter Grund ein

Alica nevedela vymyslieť žiadny dobrý dôvod

**und die Raupe schien sich in einem sehr unangenehmen
Gemütszustand zu befinden**

a húsenica sa zdala byť vo veľmi nepríjemnom duševnom
stave

also wandte sie sich ab

a tak sa odvrátila

"Komm zurück!" rief ihr die Raupe nach

"Vráť sa!" zavolala za ňou húsenica

"Ich habe etwas Wichtiges zu sagen!"

"Chcem povedať niečo dôležité!"

Alice drehte sich um und kam wieder zurück

Alica sa otočila a vrátila sa

"Behalte die Fassung!" sagte die Raupe

"Zachuj si nervy," povedala húsenica

»Ist das alles?« fragte Alice

"To je všetko?" spýtala sa Alice

und sie schluckte ihren Zorn hinunter, so gut sie konnte

a prehltla svoj hnev, ako najlepšie vedela

"Nein!" sagte die Raupe

"Nie," povedala húsenica

Die Raupe breitete ihre Arme aus
Húsenica rozložila ruky
Und er nahm die Shisha wieder aus dem Mund
a znova vytiahol vodnú fajku z úst
Und er sagte: "Du glaubst also, du bist verändert, oder?"
a on povedal: "Takže si myslíš, že si sa zmenil, však?"
»Ich fürchte, ich bin verändert, Sir,« sagte Alice
"Obávam sa, že som sa zmenila, pane," povedala Alica
"Ich kann mich nicht mehr so an Dinge erinnern, wie ich sie früher in Erinnerung hatte"
"Nepamätám si veci tak, ako som si ich pamätala"
"Und ich bleibe nicht länger als zehn Minuten gleich groß!"
"A ja nezostanem rovnakej veľkosti dlhšie ako desať minút!"
"Wie groß willst du sein?" fragte die Raupe
"Akú veľkosť chceš mať?" spýtala sa húsenica
»Oh, es ist mir nicht besonders wichtig, wie groß ich bin«, erwiderte Alice hastig
"Ach, nezáleží mi na tom, akú mám veľkosť," odpovedala Alice rýchlo
"Ich mag es einfach nicht, so oft die Größe zu wechseln, weißt du"
"Vieš, nerád tak často mením veľkosť."
"Ich würde gerne etwas größer sein, Sir"
"Chcel by som byť trochu väčší, pane"
»wenn es dir nichts ausmacht,« fügte Alice hinzu
"Ak by vám to nevadilo," dodala Alice
"Zehn Zentimeter sind so eine erbärmliche Größe"
"Desať centimetrov je taká úbohá výška"
"Das ist wirklich eine sehr gute Höhe!" sagte die Raupe ärgerlich
"Je to naozaj veľmi dobrá výška!" povedala húsenica nahnevane
und er richtete sich auf, während er sprach
a on sa vzpriamil, keď hovoril,
Er war genau zehn Zentimeter groß
bol vysoký presne desať centimetrov
In ein oder zwei Minuten war die Raupe vom Pilz

heruntergekommen
O minútu alebo dve húsenica zostúpila z huby
und er kroch ins Gras
a odplazil sa do trávy
Als er sich entfernte, machte er einige kleine Bemerkungen
Keď odchádzal, urobil niekoľko malých poznámok
"Eine Seite lässt dich größer werden"
"Jedna strana vás zvýši"
"Und die andere Seite wird dich kleiner werden lassen"
"A druhá strana ťa skráti"
"Eine Seite wovon?" dachte Alice bei sich
"Jedna strana čoho?" pomyslela si Alica pre seba
"Die andere Seite von was?"
"Druhá strana čoho?"
"Die Seite des Pilzes!" sagte die Raupe
"Na stranu huby," povedala húsenica
Es war, als hätte sie ihre Frage laut gestellt
bolo to, akoby sa nahlas spýtala
und im nächsten Augenblick war er außer Sichtweite
a o chvíľu zmizol z dohľadu
Alice blieb stehen und betrachtete den Pilz nachdenklich
Alica zostala zamyslene hľadiac na hubu
Sie versuchte herauszufinden, welche die beiden Seiten des Pilzes waren
snažila sa rozoznať, ktoré sú dve strany huby
Endlich streckte sie ihre Arme um den Pilz
Nakoniec roztiahla ruky okolo huby
und sie brach ein Stück der Ränder ab
a odlomila kúsok hrán
»Und nun, welche Seite ist welche?« fragte sie sich
"A teraz, ktorá strana je ktorá?" povedala si
und sie knabberte ein wenig von dem Stück der rechten Hand
a trochu si zahryzla do pravej ruky
Im nächsten Augenblick spürte sie einen heftigen Schlag unter ihrem Kinn
V ďalšej chvíli pocítila prudký úder pod bradou

Ihr Kinn hatte ihren Fuß getroffen!
brada jej udrela do nohy!
Sie war sehr erschrocken über diese sehr plötzliche Veränderung
Bola veľmi vystrašená touto veľmi náhlou zmenou
Sie schrumpfte sehr schnell
veľmi rýchlo sa zmenšovala
Also aß sie schnell etwas von dem anderen Stück Pilz
Takže rýchlo zjedla ďalší kúsok huby
Ihr Kinn war sehr eng gegen ihren Fuß gepresst
Brada mala veľmi tesne pritlačenú k nohe
Es war kaum Platz, um den Mund aufzumachen
sotva bolo miesto na otvorenie úst
aber schließlich gelang es ihr, den Mund aufzumachen
ale nakoniec sa jej podarilo otvoriť ústa
und sie schluckte einen Bissen von dem linken Stück
a prehltla kúsok kúska ľavej ruky
»mein Kopf ist endlich frei!« sagte Alice
"moja hlava sa konečne uvoľnila!" povedala Alica
Sie blickte an sich herunter
Pozrela sa na seba
aber alles, was sie sehen konnte, war ein ungeheurer Hals
ale všetko, čo videla, bol obrovský krk
Ihr Hals schien sich wie ein Stiel zu erheben
Zdalo sa, že jej krk sa dvíha ako stopka
Und sie blickte auf ein Meer von grünen Blättern hinab
a pozrela sa dolu na more zeleného lístia
"Wo sind meine Schultern geblieben?"
"Kam sa dostali moje ramená?"
»Und ach, meine armen Hände, wie kommt es, daß ich euch nicht sehen kann?«
"A ach, moje úbohé ruky, ako to, že ťa nevidím?"
Aber ihr Hals hatte einen Vorteil
ale jej krk mal jednu výhodu
Sie konnte ihren Kopf in jede Richtung bewegen
mohla pohnúť hlavou akýmkoľvek smerom
Tatsächlich war sie wie eine Schlange

v skutočnosti bola ako had
Sie senkte anmutig ihren Kopf im Zickzack
elegantne kľukatila hlavu dole
Und sie bewegte ihren Kopf durch die Bäume
a pohybovala hlavou medzi stromami
Aber dann hörte sie ein scharfes Zischen
ale potom začula ostré syčanie
Und sie zog schnell den Kopf zurück
a rýchlo odtiahla hlavu dozadu
Eine große Taube war ihr ins Gesicht geflogen
do tváre jej vletel veľký holub
und die Taube fuhr mit den Flügeln heftig zusammen
a holub prudko zasiahol krídlami

»Schlange!« rief die Taube

"Had!" zvolal holub

"Ich bin keine Schlange!" sagte Alice entrüstet

"Nie som had!" povedala Alica rozhorčene

"Laß mich in Ruhe!"

"Nechaj ma na pokoji!"

"Ich habe die Wurzeln von Bäumen ausprobiert"

"Vyskúšal som korene stromov"

"Und ich habe es mit Hecken versucht", fuhr die Taube fort

"A skúsil som živé ploty," pokračoval holub

»Aber diese Schlangen! Man kann es ihnen nicht recht machen!"

"Ale tie hady! Nedá sa im potešiť!"

Alice war immer verwirrter

Alica bola čoraz viac zmätená

"Als ob es nicht schon Mühe genug wäre, die Eier auszubrüten!" sagte die Taube

"Akoby to nebolo dosť ťažkostí s vyliahnutím vajec," povedal holub

"Tag und Nacht muss ich mich auch vor Schlangen in Acht nehmen!"

"Vo dne v noci musím dávať pozor aj na hady!"

"Ich hatte gerade den höchsten Baum im Wald gefunden"

"Práve som našiel najvyšší strom v lese"

"Wäre ich hier sicher frei von Schlangen?"

"Určite by som tu bol bez hadov?"

"Und heraus kommt eine Schlange vom Himmel!"

"A vyjde had z neba!"

"Aber ich bin keine Schlange, sage ich dir!" sagte Alice

"Ale ja nie som had, hovorím vám!" povedala Alica

"Ich bin ein... Ich bin ein... Ich bin ein kleines Mädchen«, fügte sie etwas zweifelnd hinzu

"Som... Som ... Som malé dievčatko," dodala dosť pochybovačne

Schließlich hatte sie viele Veränderungen durchgemacht

Koniec koncov, prešla mnohými zmenami

"Du suchst Eier!" sagte die Taube

"Hľadáš vajcia," povedal holub
"Das weiß ich mit Sicherheit"
"Viem to s istotou"
"Und was macht es aus, ob du ein kleines Mädchen oder eine Schlange bist?"
"A čo na tom, či si malé dievčatko alebo had?"
»Es liegt mir sehr viel daran,« sagte Alice hastig
"Na tom mi veľmi záleží," povedala Alica rýchlo
"Aber ich bin nicht auf der Suche nach Eiern, wie es der Zufall will"
"ale nehľadám vajíčka, ako to už býva"
"Und ich würde deine Eier sowieso nicht wollen"
"a aj tak by som nechcel tvoje vajíčka"
"Ich mag meine Eier nicht roh"
"Nemám rád svoje vajcia surové"
»Nun, dann fort!« sagte die Taube in mürrischem Tone
"Nuž, odíďte!" povedal holub mrzutým tónom
und die Taube ließ sich wieder in ihrem Nest nieder
a holub sa opäť usadil vo svojom hniezde
Alice kauerte sich zwischen die Bäume, so gut sie konnte
Alice sa krčila medzi stromy, ako najlepšie vedela
Ihr Hals verfing sich immer wieder zwischen den Ästen
jej krk sa stále zamotával medzi konáre
Hin und wieder musste sie anhalten und ihren Hals aufdrehen
každú chvíľu sa musela zastaviť a vykrútiť krk
Nach einer Weile erinnerte sie sich an den Pilz
Po chvíli si spomenula na hubu
Sie hielt die Pilzstücke noch immer in ihren Händen
stále držala kúsky húb v rukách
Und sie machte sich sehr vorsichtig an die Arbeit
a pustila sa do práce veľmi opatrne
Zuerst knabberte sie an einem Stück
Najprv zahryzla do jedného kusu
Und dann knabberte sie an dem anderen Stück
a potom zahryzla do druhého kúska
Manchmal wurde sie größer

niekedy vyrástla
und manchmal wurde sie kleiner
a niekedy bola kratšia
Aber schließlich erreichte sie ihre übliche Größe
ale nakoniec dosiahla svoju obvyklú výšku
Sie war schon seit einiger Zeit nicht mehr so groß wie sie selbst
už nejaký čas nebola svojou vlastnou výškou
So fühlte sich alles eine Zeit lang seltsam an
Takže všetko sa chvíľu zdalo zvláštne
"Das nächste, was zu tun ist, ist, in diesen schönen Garten zu gehen"
"Ďalšia vec, ktorú musíte urobiť, je dostať sa do tej krásnej záhrady"
»wie soll man das machen?«
"Ako sa to má urobiť, zaujímalo by ma?"
Während sie dies sagte, stieß sie auf einen offenen Platz
Keď to povedala, narazila na otvorené miesto
Da war ein kleines Haus, etwas höher als einen Meter
Bol tam malý domček, o niečo vyšší ako meter
"Ich frage mich, wer in diesem kleinen Haus wohnt"
"Zaujímalo by ma, kto býva v tomto malom domčeku"
"So groß wie ich bin, kann ich sicher nicht reingehen"
"Určite nemôžem ísť taký veľký, ako som"
"Ich würde sie fürchterlich erschrecken!"
"Strašne by som ich vystrašila!"
Also knabberte sie wieder an dem kleinen Pilz
a tak znova zahŕňala malú hubu
Und bald brachte sie sich dreißig Zentimeter tief
a čoskoro sa znížila o tridsať centimetrov

Ein Schwein und etwas Pfeffer
Prasa a trochu korenia

Ein oder zwei Minuten lang stand sie da und betrachtete das Haus

Minútu alebo dve stála a pozerala sa na dom

Plötzlich kam ein Lakai aus dem Walde gerannt

Zrazu z lesa vybehol lokaj

Er trug eine spezielle Livree-Uniform

mal na sebe špeciálnu uniformu

Seinem Gesicht nach zu urteilen, hätte sie ihn einen Fisch genannt

súdiac len podľa jeho tváre, nazvala by ho rybou

und er klopfte laut mit den Fingerknöcheln an die Tür

a hlasno zaklopal na dvere kĺbmi

Die Tür wurde von einem anderen Lakaien geöffnet

dvere otvoril ďalší lokaj

Auch dieser Lakai trug eine besondere Livree

Aj tento lokaj mal na sebe špeciálnu livreju

Dieser Lakai hatte ein rundes Gesicht und große Augen wie ein Frosch

Tento lokaj mal okrúhlu tvár a veľké oči ako žaba

**Der Lakai, der wie ein Fisch aussah, leitete die Zeremonie
ein**
Obrad inicioval lokaj, ktorý vyzeral ako ryba
Er zog etwas unter seinem Arm hervor
Vytiahol niečo spod pazuchy
Und er zog unter seinem Arm einen Umschlag hervor
a vytiahol spod pazuchy obálku
und diesen Umschlag übergab er dem andern Lakaien
a túto obálku odovzdal druhému lokaji
In zeremoniellem Tone teilte er ihm die Befehle mit
slávnostným tónom mu povedal rozkazy
"Diese Botschaft ist für die Herzogin"
"Toto posolstvo je pre vojvodkyňu"
"Eine Einladung der Königin zum Krocketspielen"
"Pozvanie od kráľovnej na hranie kroketu"
**Der Lakai, der wie ein Frosch aussah, wiederholte den
Befehl**
Lokaj, ktorý vyzeral ako žaba, zopakoval rozkaz
"Von der Königin"
"Od kráľovnej"
"Eine Einladung"
"pozvánka"
"für die Herzogin"
"pre vojvodkyňu"
"Krocket spielen"
"Hranie kroketu"
Dann verbeugten sie sich beide tief
Potom sa obaja hlboko uklonili
**und die Locken in ihren Perücken verwickelten sich
ineinander**
a kučery v ich parochniach sa zamotali dohromady
Bald war der Lakai, der wie ein Fisch aussah, verschwunden
čoskoro bol lokaj, ktorý vyzeral ako ryba, preč
**Aber der Lakai, der wie ein Frosch aussah, war immer noch
da**
ale lokaj, ktorý vyzeral ako žaba, tam stále bol
Er saß auf dem Boden in der Nähe der Tür

sedel na zemi pri dverách
Er starrte dumm in den Himmel
hlúpo hľadel do neba
Alice ging schüchtern zur Tür und klopfte
Alica nesmelo prišla k dverám a zaklopala
»Es hat keinen Zweck, anzuklopfen,« sagte der Lakai
"Nemá zmysel klopať," povedal lokaj
"Und das aus zwei Gründen"
"A to z dvoch dôvodov"
"Erstens, weil ich auf der gleichen Seite der Tür stehe wie du"
"Po prvé, pretože som na rovnakej strane dverí ako ty"
"Zweitens, weil sie drinnen so viel Lärm machen"
"Po druhé, pretože vo vnútri robia toľko hluku"
"Niemand könnte dich hören"
"Nikto ťa nemohol počuť"
Und es war gewiß ein höchst merkwürdiger Lärm im Innern
A vo vnútri sa určite odohrával najneobyčajnejší hluk
ein ständiges Heulen und Niesen
neustále zavýjanie a kýchanie
und ab und zu ein Geräusch von großem Krachen
a každú chvíľu zvuk veľkého rachotu
als ob eine Schüssel oder ein Wasserkocher in Stücke zerbrochen wäre
akoby bol rozbitý riad alebo kanvica
"Wie soll ich da reinkommen?" fragte Alice
"Ako sa mám dostať dnu?" spýtala sa Alica
»Wollen Sie überhaupt hineinkommen?« fragte der Lakai
"Mali by ste vôbec vstúpiť?" spýtal sa lokaj
"Das ist die erste Frage, weißt du"
"To je prvá otázka, vieš"
Alice öffnete die Tür und trat ein
Alice otvorila dvere a vošla dnu
Die Tür führte direkt in eine große Küche
Dvere viedli priamo do veľkej kuchyne
Die Küche war von einem Ende bis zum anderen voller Rauch

kuchyňa bola plná dymu z jedného konca na druhý
in der Mitte der Küche saß die Herzogin
uprostred kuchyne bola vojvodkyňa
Sie saß auf einem dreibeinigen Hocker
Sedela na trojnohej stoličke
und sie stillte ein Baby
a dojčila dieťa
Die Köchin beugte sich über das Feuer
Kuchár sa nakláňal nad ohňom
Er rührte einen großen Kessel
Miešal veľký kotol
und der Kessel schien mit Suppe gefüllt zu sein
a zdalo sa, že kotol je plný polievky
"Da ist sicher zu viel Pfeffer drin!" sagte Alice zu sich selbst
"V tej polievke je určite príliš veľa korenia!" Alica si povedala:
Sie sagte es, so gut sie konnte, ohne zu niesen
Povedala to najlepšie, ako vedela, bez kýchnutia
Sogar die Herzogin nieste gelegentlich
Dokonca aj vojvodkyňa občas kýchla
**Aber die Handlungen des Babys waren am
bemerkenswertesten**
Ale činy dieťaťa boli najpozoruhodnejšie
Das Baby nieste und heulte abwechselnd
dieťa striedavo kýchalo a zavýjalo
**Es gab keinen Augenblick Pause zwischen Heulen und
Niesen**
Medzi zavýjaním a kýchaním nebola ani chvíľka pauzy
Es gab zwei Kreaturen in der Küche, die nicht niesten
V kuchyni boli dve stvorenia, ktoré nekýchali
Die Köchin war zu beschäftigt, um zu niesen
Kuchárka bola príliš zaneprázdnená na to, aby kýchla
**Und die große Katze schien sich nicht an dem Pfeffer zu
stören**
a zdalo sa, že veľkej mačke korenie nevadí
**Stattdessen grinste die große Katze von einem Ohr zum
anderen**
namiesto toho sa veľká mačka usmievala od ucha k uchu

»Bitte, würdest du es mir sagen,« sagte Alice ein wenig schüchtern
"Povedzte mi, prosím," povedala Alice trochu nesmelo
"Warum grinst deine Katze so?"
"Prečo sa tvoja mačka takto usmieva?"
»Es ist eine Cheshire-Katze,« sagte die Herzogin
"Je to Cheshire-Cat," povedala vojvodkyňa
"Und deshalb grinst er von Ohr zu Ohr"
"A preto sa usmieva od ucha k uchu"
"Ich wusste nicht, dass eine Cheshire-Katze immer grinst"
"Nevedel som, že Cheshire-Cat sa vždy usmieva."
"Eigentlich wusste ich nicht, dass Katzen grinsen können", sagte Alice
"V skutočnosti som nevedela, že sa mačky môžu usmievať," povedala Alice
»Es gibt vieles, was Sie nicht wissen,« sagte die Herzogin
"Je toho veľa, čo nevieš," povedala vojvodkyňa
"Es gibt vieles, was man nicht weiß, und das ist eine Tatsache"
"Je toho veľa, čo neviete, a to je fakt"
In diesem Augenblick nahm die Köchin den Kessel mit der Suppe vom Feuer
Práve vtedy kuchár stiahol kotol polievky z ohňa
Und sogleich fing sie an, alles in ihre Reichweite zu werfen
a okamžite začala hádzať všetko, čo mala na dosah
sie warf alles, was sie konnte, auf die Herzogin und das Baby
hodila všetko, čo mohla, na vojvodkyňu a dieťa
Zuerst warf sie die Feuereisen
Najprv hodila ohnivé železa
Dann warf sie eine Handvoll Töpfe
Potom hodila hrsť hrncov
und schließlich warf sie die Teller und Schüsseln
a nakoniec hodila taniere a riad
Die Herzogin nahm keine Notiz von ihr
Vojvodkyňa si ju nevšimla
Selbst als sie von einem Teller getroffen wurde, machte sie

sich keine Sorgen
Aj keď ju zasiahol tanier, nebála sa
Das Baby heulte schon so viel
dieťa už toľko zavýjalo
**Es war also unmöglich zu sagen, ob die Schläge das Baby
verletzt haben oder nicht**
Nebolo teda možné povedať, či údery dieťaťu ublížili alebo nie
"Oh, gib bitte acht, was du tust!" rief Alice
"Ach, prosím, dávajte si pozor, čo robíte!" zvolala Alica
und sie sprang in Todesangst des Entsetzens auf und ab
a skákala hore-dole v agónii hrôzy
die Herzogin bot Alice das Baby an
vojvodkyňa ponúkla Alici dieťa
**»Hier! Du kannst das Kind ein wenig stillen, wenn du
willst!«**
"Tu! Ak chcete, môžete dieťa trochu dojčiť!"
Und sie schleuderte das Kind nach ihr, während sie sprach
a hodila po nej dieťa, keď hovorila
**"Ich muss gehen und mich darauf vorbereiten, mit der
Königin Krocket zu spielen"**
"Musím ísť a pripraviť sa na hranie kroketu s kráľovnou"
und sie eilte aus dem Zimmer
a ponáhľala sa von z izby
Alice fing das Baby mit einiger Mühe auf
Alica chytila dieťa s určitými ťažkosťami
weil es ein sehr seltsam geformtes kleines Wesen war
pretože to bolo malé stvorenie veľmi zvláštneho tvaru
**Und das Kind streckte seine Arme und Beine nach allen
Richtungen aus**
a dieťa vystrelo ruky a nohy na všetky strany
"Das Kind nehme ich lieber mit!" dachte Alice
"Radšej vezmem toto dieťa so sebou," pomyslela si Alica
**"Sie werden dieses Baby sicher in ein oder zwei Tagen
töten"**
"Určite zabijú toto dieťa za deň alebo dva"
"Wäre es nicht Mord, dieses Baby zurückzulassen?"
"Nebola by to vražda nechať toto dieťa doma?"

Sie sprach die letzten Worte laut aus
Posledné slová povedala nahlas
Und das kleine Ding grunzte als Antwort
a tá maličkosť zavrčala v odpovedi
"Du verwandelst dich am besten nicht in ein Schwein,
meine Liebe!" sagte Alice
"Radšej sa nezmeníš na prasa, moja drahá," povedala Alica
"sonst habe ich nichts mehr mit dir zu tun"
"inak s tebou už nebudem mať nič spoločné"
Alice fing eben an, bei sich selbst zu denken:
Alica si práve začínala myslieť:
»Nun, was soll ich mit diesem Geschöpf anfangen, wenn ich
es nach Hause bringe?«
"Čo mám robiť s týmto tvorom, keď ho dostanem domov?"
Aber dann grunzte das kleine Geschöpf ein wenig heftig
ale potom malé stvorenie trochu prudko zavrčalo
und Alice sah ihm erschrocken ins Gesicht
a Alica sa jej pozrela do tváre s akýmsi strachom
Diesmal konnte es keinen Irrtum geben
Tentoraz v tom nemohlo dôjsť k omylu
Es war nicht mehr und nicht weniger als ein Schwein
nebolo to ani viac, ani menej ako prasa
Da setzte sie das kleine Geschöpf ab
A tak položila to malé stvorenie
und das kleine Geschöpf trabte leise in den Wald hinein
a malé stvorenie potichu odklusalo do lesa
Alice war ziemlich erleichtert, als sie die Kreatur
verschwinden sah
Alice pocítila úľavu, keď videla, ako stvorenie odchádza
Alice erschrak ein wenig, als sie die Cheshire-Katze sah
Alice bola trochu prekvapená, keď uvidela Cheshire-Cat
Er saß auf einem Ast eines Baumes, ein paar Meter entfernt
Sedel na konári stromu niekoľko metrov odtiaľto
Die Katze grinste nur, als sie sie sah
Mačka sa len uškrnula, keď ju uvidela
»Cheshire-Katze,« begann Alice etwas schüchtern
"Cheshire-cat," začala Alice dosť nesmelo

»Würden Sie mir bitte sagen, welchen Weg ich von hier aus einschlagen soll?«

"Mohli by ste mi, prosím, povedať, ktorou cestou sa mám odtiaľto vydať?"

"In diese Richtung", sagte die Katze

"Tým smerom," povedala mačka

Und er fuchtelte mit der rechten Pfote herum

a mával pravou labkou dookola

"In dieser Richtung lebt ein Hutmacher"

"V tom smere žije výrobca klobúkov"

Und dann winkte die Katze mit der anderen Pfote

a potom mačka mávla druhou labkou

"Und in dieser Richtung wohnt ein Märzhase"

"a v tom smere žije pochodový zajac"

»Besuchen Sie, wen Sie wollen; Sie sind beide verrückt"

"Navštívte ktorékoľvek chcete; obaja sú šialení"

»Aber ich will nicht unter Verrückte gehen«, bemerkte Alice

"Ale ja nechcem chodiť medzi šialených ľudí," poznamenala Alica

"Ach, dafür kannst du nicht helfen!" sagte die Katze

"Ach, nemôžete si pomôcť," povedala Mačka

"Wir sind alle verrückt hier"

"Všetci sme tu šialení"

"Spielst du heute Krocket mit der Queen?"

"Hráš dnes kroket s kráľovnou?"

"Das würde ich sehr gerne!" sagte Alice

"Veľmi by som chcela," povedala Alica

"aber ich bin noch nicht eingeladen worden"

"ale ešte som nebol pozvaný"

"Du wirst mich dort sehen!" sagte die Katze

"Uvidíte ma tam," povedala Mačka

Und von einem Augenblick auf den anderen verschwand die Katze

a z jednej chvíle na druhú mačka zmizla

bald kam Alice in Sichtweite des Hauses des Märzhasen

čoskoro sa Alica dostala na dohľad k domu zajačieho zajaca

Das war ein sehr großes Haus

Bol to veľmi veľký dom
Alice wollte also nicht in die Nähe des Hauses gehen
Alica sa teda nechcela priblížiť k domu
Zuerst musste sie noch etwas von dem linken Stück Pilz knabbern
Najprv musela zahŕňať ešte kúsok huby na ľavej strane

Eine verrückte Teeparty
šialený čajový večierok

Vor dem Haus stand ein Baum
Pred domom bol strom
Und unter dem Baum stand ein Tisch
a pod stromom bol stôl
und der Tisch war mit allerlei Besteck gedeckt
a stôl bol prestretý všetkými druhmi príborov
Der Märzhase und der Hutmacher saßen bei Tisch
Pochodový zajac a klobúčnik sedeli pri stole
und zusammen tranken sie Tee
a spolu pili čaj
Ein Siebenschläfer saß zwischen ihnen
Medzi nimi sedel plch
und der Siebenschläfer schlief fest
a plch tvrdo spal
Der Tisch war von außergewöhnlicher Größe
Stôl mal mimoriadnu veľkosť
Aber der größte Teil des Tisches war unbesetzt
ale väčšina stola bola neobsadená
Sie saßen dicht gedrängt an einer Ecke des Tisches
sedeli natlačení v jednom rohu stola
und doch entschuldigten sie sich, als sie Alice sahen
a predsa sa ospravedlňovali, keď videli Alenku
»Kein Platz! Kein Platz!« schrien sie
"Žiadna miestnosť! Niet miesta!" kričali
»Es ist viel Platz!« sagte Alice entrüstet
"Je tu dosť miesta!" riekla Alica rozhorčene
An einem Ende des Tisches stand ein großer Sessel
na jednom konci stola bolo veľké kreslo
und Alice setzte sich in den Sessel
a Alica si sadla do kresla
Der Hutmacher riss die Augen weit auf
Výrobca klobúkov otvoril oči doširoka
Er konnte nicht glauben, was er da sah
Nemohol uveriť tomu, čo vidí
aber sein Geist war neugierig auf andere Dinge

ale jeho myseľ bola zvedavá na iné veci
»Warum ist ein Rabe wie ein Schreibtisch?«
"Prečo je havran ako písací stôl?"
Alice war offen für die Herausforderung
Alice bola otvorená výzve
"Ich bin froh, dass sie angefangen haben, Rätsel zu stellen"
"Som rád, že sa začali pýtať hádanky"
»Ich glaube, das kann ich erraten«, fügte sie laut hinzu
"Verím, že to dokážem uhádnuť," dodala nahlas
Der Märzhase wurde neugierig auf Alice
Pochodový zajac začal byť zvedavý na Alicu
"Glaubst du wirklich, dass du die Antwort finden kannst?"
"Naozaj si myslíš, že dokážeš nájsť odpoveď?"
»Ich glaube, ich kann die Antwort finden,« sagte Alice
"Myslím, že naozaj nájdem odpoveď," povedala Alica
»Dann sollst du sagen, was du meinst,« fuhr der Märzhase fort
"Potom by si mal povedať, čo myslíš," pokračoval pochodový zajac
»Ich sage, was ich meine,« erwiderte Alice hastig
"Hovorím, čo mám na mysli," odpovedala Alice rýchlo
"Zumindest meine ich ernst, was ich sage"
"prinajmenšom myslím vážne, čo hovorím"
"Das ist dasselbe, weißt du"
"To je to isté, vieš"
Auch der Siebenschläfer trug zu dem Gespräch bei
Do rozhovoru prispel aj plch
Aber der Siebenschläfer schien im Schlaf zu sprechen
ale zdalo sa, že plch hovorí v spánku
"Ich atme, wenn ich schlafe"
"Dýcham, keď spím"
"Ich schlafe, wenn ich atme!"
"Spím, keď dýcham!"
"Man könnte genauso gut sagen, dass sie auch gleich sind"
"Mohli by ste tiež povedať, že sú rovnaké"
"So ist es auch bei dir!" sagte der Hutmacher
"To isté je s tebou," povedal klobúkár

und er goß ein wenig Tee über die Nase des Siebenschläfers
a nalial trochu čaju na nos pucha
Das Murmelthier schüttelte ungeduldig den Kopf
Plch netrpezlivo pokrútil hlavou
Und wieder sprach das Murmelmaus, ohne die Augen zu öffnen
A plch opäť prehovoril, neotvoriac oči
"Natürlich, natürlich ist es dasselbe"
"Samozrejme, samozrejme, že je to rovnaké"
"Das wollte ich ja auch sagen"
"To je presne to, čo som chcel povedať sám"

Der Hutmacher wandte sich an Alice und stellte eine weitere Frage
Výrobca klobúkov sa otočil k Alice a položil ďalšiu otázku
"Hast du das Rätsel schon erraten?"
"Už si uhádol hádanku?"
"Nein, ich gebe auf", gab Alice zu
"Nie, vzdávam sa," pripustila Alice
"Was ist die Antwort?", wollte sie wissen
"Aká je odpoveď?" chcela vedieť
»Ich habe nicht die geringste Ahnung,« sagte der Hutmacher
"Nemám najmenšiu predstavu," povedal klobúčnik

"Ich weiß es auch nicht!" sagte der Märzhase

"Ani ja neviem," povedal pochodový zajac

Alice stieß einen müden Seufzer aus

Alica si unavene povzdychla

"Es gibt eine bessere Nutzung der Zeit als Rätsel ohne Antworten"

"Existujú lepšie využitia času ako hádanky bez odpovedí"

»Trinken Sie noch etwas Tee,« sagte der Märzhase sehr ernst zu Alice

"Dajte si ešte trochu čaju," povedal pochodový zajac Alici veľmi vážne

Alice war ziemlich beleidigt über das Angebot

Alice bola ponukou dosť urazená

»Ich habe noch keinen Tee getrunken,« erwiderte Alice

"Ešte som nepila čaj," odpovedala Alice

"Deshalb kann ich keinen Tee mehr trinken"

"preto už nemôžem mať žiadny čaj"

»Du meinst, weniger Tee kannst du nicht haben«, sagte der Hutmacher

"Chceš povedať, že nemôžete mať menej čaju," povedal výrobca klobúkov

"Es ist sehr einfach, mehr als nichts zu nehmen"

"Je veľmi ľahké vziať si viac ako nič"

Bei diesen Worten erhob sich Alice und ging fort

Na to Alica vstala a odišla

Der Siebenschläfer schlief augenblicklich ein

Plch okamžite zaspal

und keiner der andern nahm die geringste Notiz davon, daß sie ging

a ani jeden z ostatných si ani v najmenšom nevšimol, že odchádza

obwohl sie ein- oder zweimal zurückblickte

hoci sa raz alebo dvakrát pozrela späť

Sie versuchten, den Siebenschläfer in die Teekanne zu stecken

snažili sa dať plcha do kanvice

"Jedenfalls werde ich nie wieder dorthin gehen!" sagte Alice

"V každom prípade tam už nikdy nepôjdem!" povedala Alica
Und sie ging ihren Weg durch den Wald
a kráčala lesom
"Das war die dümmste Teeparty, auf der ich je war"
"To bol najhlúpejší čajový večierok, na akom som kedy bol"
Gerade als sie das sagte, bemerkte sie etwas
Práve keď to povedala, niečo si všimla
Einer der Bäume hatte eine Tür, die direkt hineinführte
Jeden zo stromov mal dvere vedúce priamo do neho
»Das ist sehr interessant!« dachte sie
"To je veľmi zaujímavé!" pomyslela si
"Ich denke, ich kann genauso gut durch die Tür gehen"
"Myslím, že by som mohol prejsť dverami"
Und durch die Tür ging sie
A cez dvere vošla
Wieder befand sie sich in der langen Halle
Opäť sa ocitla v dlhej sále
Wieder stand sie dicht an dem kleinen Glastisch
opäť bola blízko malého skleneného stolíka
Sie nahm den kleinen goldenen Schlüssel
Vzala malý zlatý kľúč
und sie schloß die Tür auf, die in den Garten führte
a odomkla dvere, ktoré viedli do záhrady
Dann machte sie sich daran, an dem Pilz zu knabbern
Potom sa pustila do hryzenia huby
Sie hatte ein Stück des Pilzes in ihrer Tasche aufbewahrt
Kúsok huby mala vo vrecku
Und schließlich war sie etwa einen Meter groß
a nakoniec bola asi meter vysoká
dann ging sie den kleinen Korridor hinunter
Potom kráčala malou chodbou
Und dann fand sie sich endlich in dem schönen Garten wieder
a potom sa konečne ocitla v krásnej záhrade
Und sie war zwischen den hellen Blumen und den kühlen Springbrunnen
a bola medzi jasnými kvetmi a chladnými fontánami

Der Krocketplatz der Königinnen

Kráľovnino kroketové ihrisko

Ein großer Rosenstrauch stand in der Nähe des Eingangs des Gartens

Pri vchode do záhrady stál veľký ružový strom

Die Rosen, die an dem Baum wuchsen, waren weiß

ruže rastúce na strome boli biele

aber es waren drei Gärtner, die die Rose bemalten

ale boli tam traja záhradníci, ktorí maľovali ružu

Sie waren damit beschäftigt, die Rosen rot zu färben

Usilovne maľovali ruže na červeno

und Alice sah zu, wie sie die Rosen rot färbten

a Alica sa pozerala, ako maľujú ruže na červeno

und plötzlich fielen ihre Augen zufällig auf Alice

a zrazu ich oči padli na Alice

Alice sprach ein wenig schüchtern

Alica hovorila trochu nesmelo

»Würden Sie es mir bitte sagen?«

"Mohli by ste mi to povedať, prosím?"

"Warum malt ihr alle diese Rosen?"

"Prečo všetci maľujete tie ruže?"

Fünf und Sieben sagten nichts, sondern sahen zwei an

päť a sedem nič nepovedali, ale pozreli sa na dvoch

zwei Sprecher, mit leiser Stimme

dvaja prehovorili tichým hlasom

»Nun, die Sache ist die, sehen Sie, gnädige Frau.«

"Veď vidíte, madam"

"Das hier hätte ein roter Rosenstrauch sein sollen"

"toto tu mal byť červený ružový strom"

"Und wir haben aus Versehen einen weißen Rosenstrauch hineingesetzt"

"a omylom sme tam vložili biely ružový strom"

"Wie Sie mir zustimmen würden, darf die Königin es nicht herausfinden"

"Ako by ste súhlasili, kráľovná to nesmie zistiť"

"Sonst würden wir uns allen die Köpfe abschneiden"

"inak by sme si všetci odrezali hlavy"

"Sie sehen also, gnädige Frau, wir tun unser Bestes"
"Takže vidíte, pani, robíme, čo je v našich silách."
Karte fünf hatte ängstlich über den Garten geschaut
Karta päť sa úzkostlivo pozerala cez záhradu
In diesem Augenblick rief die fünfte Karte: "Die Königin!
Die Königin!"
V tej chvíli karta päť zavolala: "Kráľovná! Kráľovná!"
und die drei Gärtner eilten augenblicklich davon
a traja záhradníci okamžite utekali preč
und sie warfen sich flach auf ihre Gesichter
a vrhli sa na tvár
Man hörte das Geräusch vieler Schritte
Ozvalo sa veľa krokov
Alice sah sich um, begierig darauf, die Königin zu sehen
Alica sa rozhliadla okolo seba, dychtivá vidieť kráľovnú
Am Anfang des Zuges standen zehn Soldaten
Na začiatku sprievodu bolo desať vojakov
Ihre Hände und Füße waren in den Ecken
ich ruky a nohy boli v rohoch
und in ihren Händen und Füßen waren Keulen
a v rukách a nohách mali palice
Als nächstes kamen die zehn Höflinge
Nasledovalo desať dvoranov
die Höflinge waren über und über mit Diamanten
geschmückt
dvorania boli všade zdobení diamantmi
Nach den Höflingen kamen die königlichen Kinder
Po dvoranoch prišli kráľovské deti
Es waren zehn der königlichen Kinder
Kráľovských detí bolo desať
und alle königlichen Kinder waren mit Herzen geschmückt
a všetky kráľovské deti boli ozdobené srdiečkami
Dann kamen die Gäste; Meist Könige und Königinnen
Potom prišli hostia; Väčšinou králi a kráľovné
und unter den Königen und Königinnen sah Alice jemanden
a medzi kráľmi a kráľovnou Alica videla niekoho
Sie sah wieder das weiße Kaninchen, das sie gejagt hatte

znova uvidela bieleho králika, ktorého prenasledovala
Der Prozession folgte der Spitzbube der Herzen
Sprievod nasledoval srdcový kluk
Er trug die Krone des Königs
niesol kráľovskú korunu
und die Krone des Königs lag auf einem purpurnen Samtkissen
a kráľova koruna bola na karmínovom zamatovom vankúši
Und dann kam das Ende dieser großen Prozession
a potom prišiel koniec tohto veľkého sprievodu
Und da waren am Ende der König und die Königin der Herzen
A na konci bol kráľ a srdcová kráľovná
der Zug kam Alice gegenüber
sprievod prišiel oproti Alice
Und alle blieben stehen und sahen sie an
a všetci sa zastavili a pozreli na ňu
Und die Königin sprach streng: "Wer ist das?"
a kráľovná sa prísne spýtala: "Kto je to?"
Sie sagte es zum Herzknaben
Povedala to srdcovému Knave of Hearts
aber er verbeugte sich nur und lächelte als Antwort
ale on sa len uklonil a usmial sa v odpovedi
Alice sprach sehr höflich
Alica hovorila veľmi zdvorilo
"Mein Name ist Alice, also bitte, Eure Majestät"
"Volám sa Alice, tak prosím Vaše Veličenstvo"
Aber sie hatte andere Gedanken für sich
ale mala pre seba iné myšlienky
"Es ist doch nur ein Kartenspiel!"
"Koniec koncov, je to len balíček kariet!"
»Kannst du Krocket spielen?« rief die Königin
"Vieš hrať kroket?" zakričala kráľovná
Die Frage war offenbar an Alice gerichtet
Otázka bola očividne určená pre Alice
"Ja!" sagte Alice laut
"Áno!" povedala Alica nahlas

"Komm also spielen!" brüllte die Königin
"Poď sa teda hrať!" zarevala kráľovná
sprach eine schüchterne Stimme zu Alice
nesmelý hlas prehovoril k Alice
"Es ist ein sehr schöner Tag!"
"Je veľmi pekný deň!"
Sie ging an dem weißen Kaninchen vorbei
Kráčala okolo bieleho králika
und das weiße Kaninchen guckte ihr ängstlich ins Gesicht
a Biely králik jej úzkostlivo pozeral do tváre
»ein sehr schöner Tag,« bestätigte Alice
"Naozaj veľmi pekný deň," potvrdila Alica
»Wo ist die Herzogin?«
"Kde je vojvodkyňa?"
»Still! Still!" sagte das Kaninchen
"Ticho! Ticho!" povedal Králik
"Sie ist zum Tode verurteilt"
"Je odsúdená na popravu"
»Wofür wird sie hingerichtet?« fragte Alice
"Za čo ju popravujú?" spýtala sa Alice
"Sie hat der Königin die Ohren abgewetzt", begann das
Kaninchen
"Odškriabala kráľovnine uši," začal králik
schrie die Königin mit Donnerstimme
Kráľovná zakričala hromovým hlasom
"Ran an eure Plätze!"
"Choď na svoje miesta!"
Und die Leute rannten in alle Richtungen herum
a ľudia začali pobehovať na všetky strany
Und sie fielen alle aneinander
A všetci sa zrútili proti sebe
Sie hatten sich jedoch in ein oder zwei Minuten beruhigt
Za minútu alebo dve sa však usadili
Und dann begann das Spiel
A potom sa hra začala
Alice hatte noch nie einen so merkwürdigen Krocketplatz
gesehen

Alica nikdy nevidela také zvláštne kroketové ihrisko
Das Gras bestand nur aus Graten und Furchen
tráva bola samé hrebene a brázdy
Die Krocketbälle waren echte Igel
Kroketové lopty boli skutoční ježkovia
und die Schlägel waren echte Flamingos
A paličky boli skutočné plameniaky
und die Soldaten standen auf Händen und Füßen
a vojaci stáli na rukách a nohách
weil die Bögen aus ihren Körpern gemacht wurden
pretože oblúky boli vyrobené z ich tiel
Die Spieler spielten alle gleichzeitig
Všetci hráči hrali naraz
Niemand wartete, bis er an der Reihe war
nikto nečakal, kým na nich príde rad
und jeder stritt sich mit jedem
a všetci sa s každým hádali
und alle kämpften für die Igel
a všetci bojovali za ježkov
Bald geriet die Königin in eine wütende Leidenschaft
čoskoro bola kráľovná v zúrivej vášni
Und sie fing an, herumzustampfen und zu schreien
a začala dupať a kričať
»Hacken Sie ihm den Kopf ab!«
"Odseknite mu hlavu!"
"Hack ihr den Kopf ab!"
"Odsekni jej hlavu!"
"Hackt ihnen alle Köpfe ab!"
"Odseknite im všetky hlavy!"
Wieder dachte Alice bei sich.
Alica si opäť pomyslela
"Sie lieben es schrecklich, hier Menschen zu enthaupten"
"Strašne radi tu stínajú hlavy ľuďom"
**"Das große Wunder ist, dass überhaupt noch jemand am
Leben ist!"**
"Veľký zázrak je, že tu zostal niekto nažive!"
Sie sah sich nach einem Ausweg um

Hľadala nejaký spôsob úniku
Sie bemerkte eine merkwürdige Erscheinung in der Luft
Všimla si zvláštny vzhľad vo vzduchu
»Es ist die Cheshire-Katze,« sagte sie zu sich selbst
"To je Cheshire-mačka," povedala si
"Jetzt habe ich jemanden, mit dem ich reden kann"
"Teraz budem mať s kým hovoriť"
"Wie geht es dir?" fragte die Katze
"Ako sa ti darí?" spýtala sa mačka
»Ich glaube nicht, daß sie ganz und gar fair spielen«, sagte Alice
"Nemyslím si, že hrajú vôbec férovo," povedala Alice
Und sie hatte einen ziemlich klagenden Ton
a mala dosť sťažujúci sa tón
"Sie streiten sich alle so fürchterlich"
"Všetci sa tak strašne hádajú"
"Man hört sich selbst nicht sprechen"
"Človek nepočuje hovoriť"
"Und sie scheinen sich nicht an irgendwelche Regeln zu halten"
"A zdá sa, že nehrajú podľa žiadnych pravidiel"
die Katze stellte Alice mit leiser Stimme eine Frage
mačka položila Alici otázku tichým hlasom
"Wie gefällt dir die Königin?"
"Ako sa ti páči kráľovná?"
»Ich mag sie gar nicht,« sagte Alice
"Vôbec ju nemám rada," povedala Alice

Alice dachte, sie könnte genauso gut zurückgehen
Alice si pomyslela, že by sa mohla vrátiť
Sie wollte sehen, wie das Spiel läuft
chcela vidieť, ako sa hra vyvíja
Sie machte sich auf die Suche nach ihrem Igel
Odišla hľadať svojho ježka
Der Igel war damit beschäftigt, gegen einen anderen Igel zu kämpfen
Ježko bol zaneprázdnený bojom s iným ježkom
Das war eine ausgezeichnete Gelegenheit
Bola to vynikajúca príležitosť
Sie konnte einen Igel mit dem anderen krocketen
vedela kroketovať jedného ježka s druhým
Aber ihr Flamingo war auf der anderen Seite des Gartens
ale jej plameniak bol na druhej strane záhrady
Der Flamingo war ziemlich tollpatschig
plameniak bol dosť nemotorný

Ihr Flamingo versuchte, gegen einen Baum zu fliegen
Jej plameniak sa pokúšal vyletieť do stromu
Sie packte den Flamingo am Bein
Chytila plamenáka za nohu
Und sie schob sich den Flamingo unter den Arm
a zastrčila si plamenáka pod pazuchu
So konnte der Flamingo nicht mehr entkommen
Takto plameniak nemohol znova utiecť
In diesem Augenblick traf Alice zufällig die Herzogin
Práve vtedy sa Alice náhodou stretla s vojvodkyňou
Die Herzogin war nun aus dem Gefängnis entlassen worden
Vojvodkyňa bola teraz vonku z väzenia
Sie schob ihren Arm liebevoll unter Alices Arm
Láskyplne zastrčila ruku pod Alicinu pazuchu
Und dann gingen sie zusammen fort
a potom spolu odišli
Alice war sehr froh, sie in so angenehmer Laune zu finden
Alica bola veľmi rada, že ju našla v takej príjemnej povahe
Sie erschrak jedoch ein wenig
Bola však trochu prekvapená
Sie hörte die Stimme der Herzogin dicht an ihrem Ohr
Počula hlas vojvodkyne blízko ucha
"Du denkst über etwas nach, meine Liebe"
"Na niečo myslíš, moja drahá"
"Und das lässt dich das Reden vergessen"
"A to spôsobuje, že zabúdate hovoriť"
»Das Spiel geht jetzt etwas besser«, sagte Alice
"Hra teraz prebieha o niečo lepšie," povedala Alice
Es war eine Möglichkeit, das Gespräch am Laufen zu halten
bol to jeden zo spôsobov, ako pokračovať v konverzácii
»So ist es,« sagte die Herzogin
"Je to naozaj tak," povedala vojvodkyňa
"Und die Moral davon ist folgende."
"A ponaučenie z toho je toto:"
"Es ist die Liebe, die alles macht!"
"Je to láska, ktorá robí všetko!"
"Liebe ist das, was die Welt bewegt"

"Láska je to, čo hýbe svetom"
Alice hatte eine andere Erklärung
Alice mala iné vysvetlenie
**"Das macht jeder, der sich um seine eigenen
Angelegenheiten kümmert!"**
"Robí to tak, že sa každý stará o svoje veci!"
»Ah, gut! Du könntest Recht haben"
"Ach, dobre! Mohol by si mať pravdu"
»Es bedeutet alles ziemlich dasselbe,« sagte die Herzogin
"To všetko znamená takmer to isté," povedala vojvodkyňa
und sie grub ihr spitzes kleines Kinn in Alices Schulter
a zaborila svoju ostrú bradu do Aliciného ramena
"Und die Moral davon ist folgende"
"a ponaučenie z toho je toto"
"Kümmere dich um die Sinne"
"Postaraj sa o zmysel"
"Und dann erledigen sich die Klänge von selbst"
"A potom sa zvuky postarajú samy o seba"
Aber dann fing der Arm der Herzogin an zu zittern
Ale potom sa vojvodkynina ruka začala triasť
Alice blickte auf und da stand die Königin
Alica zdvihla zrak a tam stála kráľovná
Die Königin hatte die Arme verschränkt
kráľovná mala zložené ruky
Und sie runzelte die Stirn wie ein Gewitter!
a mračila sa ako búrka!
»Ich warne dich!« schrie die Königin
"Varujem ťa," kričala kráľovná
Und sie stampfte auf den Boden, während sie sprach
a pri tom dupala po zemi
"Entweder dein Kopf oder ihr Kopf muss ausgeschaltet sein"
"buď tvoja hlava, alebo jej hlava musí byť odstránená"
"Treffen Sie Ihre Wahl!"
"Vyber si!"
"Und beeilen Sie sich"
"a buďte v tom rýchli"
Die Herzogin traf ihre Wahl

Vojvodkyňa sa rozhodla
und in einem Augenblick war die Herzogin verschwunden
a o chvíľu bola vojvodkyňa preč
Da sprach die Königin zu Alice
Potom kráľovná prehovorila k Alice
"Weiter geht's mit dem Spiel"
"Poďme pokračovať v hre"
Alice war zu erschrocken, um ein Wort zu sagen
Alica bola príliš vystrašená na to, aby povedala čo i len slovo
und langsam folgte sie ihrem Rücken zum Krocketplatz
a pomaly ju nasledovala späť na kroketové ihrisko
Die ganze Zeit stritt sich die Dame mit den anderen Spielern
Kráľovná sa celý čas hádala s ostatnými hráčmi
»Hacken Sie ihm den Kopf ab!«
"Odseknite mu hlavu!"
"Hack ihr den Kopf ab!"
"Odsekni jej hlavu!"
"Hackt ihnen alle Köpfe ab!"
"Odseknite im všetky hlavy!"
Bald waren alle Spieler in Gewahrsam
čoskoro boli všetci hráči vo väzbe
nur der König, die Königin und Alice blieben zurück
zostali len kráľ, kráľovná a Alica
Da ging die Königin, ganz außer Atem
Potom kráľovná odišla, celkom zadýchaná
und sie ging mit Alice fort
a odišla s Alicou
Alice hörte, wie der König leise etwas sagte
Alica počula kráľa potichu niečo povedať
"Ihr seid alle begnadigt"
"Všetci ste omilostení"
aber plötzlich hörte man einen neuen Schrei
ale zrazu bolo počuť ďalší výkrik
"Der Prozess beginnt!"
"Proces sa začína!"
und Alice lief mit den andern
a Alica bežala spolu s ostatnými

Wer hat die Torten gestohlen?

Kto ukradol koláče?

Der Herzkönig und die Herzkönigin saßen

Kráľ a srdcová kráľovná sedeli

sie saßen auf ihrem Thron, als Alice ankam

boli na svojom tróne, keď prišla Alice

Eine große Menschenmenge war um sie herum versammelt

okolo nich sa zhromaždil veľký dav

Es gab allerlei kleine Vögel und Bestien

boli tam všelijaké malé vtáčiky a zvieratá

Und da war das ganze Kartenspiel

a bol tam celý balíček kariet

Der Spitzbube stand in Ketten vor ihnen

Darebák stál pred nimi, v reťaziach

und auf jeder Seite war ein Soldat, der ihn bewachte

a na oboch stranách bol vojak, ktorý ho strážil

in der Nähe des Königs war das weiße Kaninchen

blízko kráľa bol biely králik

Er hatte eine Trompete in der einen Hand

V jednej ruke mal trúbku

Und in der andern Hand hielt er eine Pergamentrolle

a v druhej ruke mal zvitok pergamenu

In der Mitte des Platzes stand ein Tisch

Uprostred nádvoria bol stôl

Auf dem Tisch stand eine große Schüssel mit Torten

Na stole bola veľká miska koláčov

**"Ich wünschte, sie würden den Prozess zu Ende bringen",
dachte Alice**

"Priala by som si, aby skúšku dokončili," pomyslela si Alice

"Dann könnten wir etwas von diesen Erfrischungen essen!"

"Potom by sme mohli zjesť nejaké z tých občerstvení!"

Der Richter war übrigens der König
Sudcom bol mimochodom kráľ
und er trug seine Krone über seiner großen Perücke
a svoju korunu nosil cez svoju veľkú parochňu
»Das ist die Loge der Geschworenen!« dachte Alice
"To je porota," pomyslela si Alica
"Und diese zwölf Geschöpfe, ich nehme an, sie sind die Geschworenen"
"a tých dvanásť tvorov, predpokladám, že sú porotcovia"
einige waren Tiere, andere waren Vögel
niektoré boli zvieratá a niektoré vtáky
In diesem Augenblick schrie das weiße Kaninchen auf
Práve vtedy vykríkol biely králik
"Schweigen im Gericht!"
"Ticho na súde!"
»Herold, lesen Sie die Anklage!« sagte der König
"Herald, prečítajte si obvinenie!" povedal kráľ

Das weiße Kaninchen blies drei Stöße auf die Trompete
Biely králik trúbil na trúbku trikrát
dann entrollte er die Pergamentrolle
Potom rozvinul pergamenový zvitok
Und er las folgendes:
a čítal nasledovné:
"Die Königin der Herzen, sie hat ein paar Torten gebacken."
"Srdcová kráľovná urobila nejaké koláče,"
"All das tat sie an einem Sommertag"
"To všetko robila v letný deň"
"Der Schurke der Herzen, er hat diese Torten gestohlen"
"Srdcový darebák, ukradol tie koláče"
"Und er hat diese Torten weit weg gebracht!"
"A tie koláče vzal ďaleko!"
»Rufen Sie den ersten Zeugen,« sagte der König
"Zavolajte prvého svedka," povedal kráľ
und das weiße Kaninchen blies drei Stöße auf die Trompete
A biely králik trúbil na trúbku trikrát
»Bringt den ersten Zeugen!« rief er
"Priveďte prvého svedka!" zavolal
Der erste Zeuge war der Hutmacher
Prvým svedkom bol výrobca klobúkov
Er kam mit einer Teetasse in der einen Hand herein
Vošiel so šálkou v jednej ruke
Und in der anderen Hand hatte er ein Stück Brot und Butter
a v druhej ruke mal kúsok chleba s maslom
»Du hättest fertig sein sollen,« sagte der König
"Mali ste skončiť," povedal kráľ
"Wann hast du angefangen?"
"Kedy si začal?"
Der Hutmacher schaute sich den Märzhasen an
Klobúčnik sa pozrel na pochodového zajaca
Der Märzhase war ihm in den Hof gefolgt
Pochodový zajac ho nasledoval na nádvorie
Er war Arm in Arm mit dem Siebenschläfer gegangen
kráčal ruka v ruke s plchom
»Ich glaube, es war der vierzehnte März«, sagte er

"Myslím, že to bolo štrnásteho marca," povedal
»Geben Sie Ihre Aussage,« sagte der König
"Vypovedajte," povedal kráľ
"Und sei nicht nervös, sonst lasse ich dich auf der Stelle
hinrichten"
"a nebuď nervózny, inak ťa nechám na mieste popraviť"
Das schien den Zeugen überhaupt nicht zu ermutigen
Zdá sa, že to svedka vôbec nepovzbudilo
Er rutschte immer wieder von einem Fuß auf den anderen
stále sa presúval z jednej nohy na druhú
und er sah die Königin unruhig an
a nepokojne pozrel na kráľovnú
und in seiner Verwirrung biß er ein großes Stück aus seiner
Teetasse
a vo svojom zmätku odhryzol zo šálky čaju veľký kus
Eigentlich wollte er von seinem Brot und seiner Butter
beißen
v skutočnosti si chcel zahryznúť do chleba a masla
In diesem Augenblick fühlte Alice eine sehr merkwürdige
Empfindung
Práve v tejto chvíli Alica pocítila veľmi zvláštny pocit
Sie fing an, wieder größer zu werden
Začínala sa opäť zväčšovať
Der unglückliche Hutmacher ließ seine Teetasse fallen
Úbohý výrobca klobúkov upustil šálku čaju
und das Brot und die Butter fielen zu Boden
a chlieb a maslo padli na zem
und er fiel auf die Knie
a pokľakol si na jedno koleno
»Ich bin ein armer Mann, Eure Majestät,« begann er
"Som chudobný človek, Vaše Veličenstvo," začal
»Du bist ein sehr schlechter Redner,« sagte der König
"Ste veľmi slabý rečník," povedal kráľ
»Du darfst gehen,« sagte der König
"Môžeš ísť," povedal kráľ
und der Hutmacher verließ eilig den Hof
a klobučník rýchlo opustil dvor

»Rufen Sie den nächsten Zeugen her!« sagte der König
"Zavolajte ďalšieho svedka!" povedal kráľ
Der nächste Zeuge war die Köchin der Herzogin
Ďalším svedkom bol kuchár vojvodkyne
Sie trug die Pfefferdose in der Hand
V ruke niesla škatuľku od korenia
Und die Leute in der Nähe der Tür fingen auf einmal an zu niesen
a ľudia pri dverách začali naraz kýchať
»Geben Sie Ihre Aussage,« sagte der König
"Vypovedajte," povedal kráľ
»Ich will nichts beweisen,« sagte die Köchin
"Nebudem svedčiť," povedal kuchár
Der König sah das weiße Kaninchen ängstlich an
Kráľ sa úzkostlivo pozrel na bieleho králika
Und das weiße Kaninchen sprach mit leiser Stimme
a biely králik prehovoril tichým hlasom
"Eure Majestät müssen diesen Zeugen ins Kreuzverhör nehmen"
"Vaše Veličenstvo musí tohto svedka krížovo vypočuť"
»Nun, wenn ich muß, so muß ich,« sagte der König
"Nuž, ak musím, musím," povedal kráľ
"Woraus bestehen Torten?"
"Z čoho sa vyrábajú koláče?"
»Torten werden meistens aus Pfeffer gemacht«, sagte die Köchin
"Koláče sa väčšinou robia z korenia," povedal kuchár
Einige Minuten lang war der ganze Hof in Verwirrung
Niekoľko minút bol celý dvor zmätený
Schließlich ließen sie sich alle wieder nieder
nakoniec sa všetci opäť usadili
Aber da war die Köchin schon verschwunden
ale vtedy kuchár zmizol
»Macht nichts!« sagte der König
"Nevadí!" povedal kráľ
"Rufen Sie den nächsten Zeugen in den Zeugenstand"
"Zavolajte ďalšieho svedka"

**Alice beobachtete das weiße Kaninchen, wie es an der Liste
herumfummelte**
Alice sledovala bieleho králika, ako tápa v zozname
**Sie können sich vorstellen, wie überrascht sie war, als sie
das hörte, was sie als nächstes hörte**
Viete si predstaviť jej prekvapenie z toho, čo počula ďalej
**Mit lauter schriller kleiner Stimme rief er den Namen
»Alice!«**
z plného hrdla svojho prenikavého hlasu zavolal meno
"Alica!"

Alices Beweise
Alicina výpoveď

»Hier!« rief Alice
"Tu!" zvolala Alica
Sie sprang in großer Eile auf
Vyskočila vo veľkom zhone
und sie kippte die Geschworenenloge um
a prevrátila porotnú lóžu
und sie warf alle Geschworenen um
a zrazila všetkých porotcov
und sie fielen auf die Köpfe der Menge unten
a padli na hlavy zástupu pod nimi
Alice war in großer Bestürzung
Alica bola veľmi zdesená
»Oh, ich bitte um Verzeihung!« rief sie aus
"Ach, prepáčte!" zvolala
»Der Prozeß kann nicht fortgesetzt werden,« sagte der König
"Súdny proces nemôže pokračovať," povedal kráľ
"Die Geschworenen müssen wieder an ihre angestammten
Plätze zurückkehren"
"Porotcovia sa musia vrátiť na svoje správne miesta"
Er wiederholte den Befehl mit großem Nachdruck
Rozkaz zopakoval s veľkým dôrazom
und er sah Alice streng an
a prísne sa pozrel na Alicu
"Was weißt du über diese Ereignisse?" fragte der König
Alice
"Čo vieš o týchto udalostiach?" spýtal sa kráľ Alice
»Ich weiß nichts von der Sache,« sagte Alice
"Neviem o tom nič," povedala Alica
Dann las der König aus seinem Buch vor
Kráľ potom čítal zo svojej knihy
"Regel zweiundvierzig"
"Pravidlo štyridsaťdva"
"Alle Personen, die mehr als eine Meile hoch sind, sollen
das Gericht verlassen"
"Všetky osoby vyššie ako míľu majú opustiť súd"

»Ich bin keine Meile hoch,« sagte Alice
"Nie som ani na míľu vysoká," povedala Alice
»Fast zwei Meilen hoch,« sagte die Königin
"Takmer dve míle vysoké," povedala kráľovná

»Nun, ich weigere mich zu gehen,« sagte Alice
"No, ja odmietam ísť," povedala Alica
Der König erbleichte
Kráľ zbledol
und er schloß hastig sein Notizbuch
a rýchlo zavrel svoj zápisník
»Überlegen Sie sich Ihr Urteil«, sagte er zu den Geschworenen
"Zvážte svoj verdikt," povedal porote
Er sprach mit leiser, zitternder Stimme
Hovoril tichým, trasúcim sa hlasom

Da sprach das weiße Kaninchen
Potom prehovoril biely králik
"Es werden noch mehr Beweise kommen"
"Ešte prídu ďalšie dôkazy"
und er sprang in großer Eile auf
a vo veľkom zhone vyskočil
"Dieses Papier wurde gerade abgeholt"
"Tento papier bol práve vyzdvihnutý"
"Es scheint ein Brief des Gefangenen zu sein"
"Zdá sa, že je to list napísaný väzňom"
Er faltete das Papier auseinander, während er sprach
Počas rozprávania rozložil papier
"Es ist doch kein Brief"
"Koniec koncov, nie je to list"
"Was es war, war eine Reihe von Versen"
"To, čo to bolo, bol súbor veršov"
»Bitte, Eure Majestät,« sagte der Spitzbube
"Prosím, Vaše Veličenstvo," povedal darebák
"Ich habe diese Verse nicht geschrieben"
"Tie verše som nenapísal"
"und sie können nicht beweisen, dass ich etwas geschrieben habe"
"a nemôžu dokázať, že som niečo napísal"
"Am Ende ist kein Name unterschrieben"
"Na konci nie je podpísané žiadne meno"
Der König sprach mit dem Spitzbuben
Kráľ sa prihovoril darebákovi
"Du musst vorgehabt haben, Unheil anzurichten"
"Musel si chcieť spôsobiť nejakú neplechu"
"Sonst hättest du wie ein ehrlicher Mann unterschrieben"
"inak by si sa podpísal ako čestný muž"
Es gab ein allgemeines Händeklatschen
Ozvalo sa všeobecné tlieskanie rukami
Und der König wandte sich an das weiße Kaninchen
A kráľ sa obrátil k bielemu králikovi
»Lest die Verse!« befahl er.
"Prečítajte si verše," prikázal

Es herrschte Totenstille im Gerichtssaal
Na dvore bolo mŕtve ticho
und das weiße Kaninchen las die Verse vor
A biely králik čítal verše
Sie sagten mir, du wärst bei ihr gewesen
Povedali mi, že si bol u nej
Und sie erwähnten mich ihm gegenüber
A spomenuli mu mňa
Sie gab mir einen guten Charakter
Dala mi dobrý charakter
Aber sie sagte, ich könne nicht schwimmen
Ale povedala, že neviem plávať
Er ließ ihnen wissen, dass ich nicht gegangen sei
Poslal im správu, že som nešiel
Wir wissen, dass es wahr ist
Vieme, že je to pravda
Wenn sie die Sache vorantreiben sollte, was würde aus dir werden?
Ak by mala túto záležitosť presadzovať, čo by sa stalo s vami?
Ich gab ihr einen, sie gaben ihm zwei
Dal som jej jednu, oni jemu dve
Du hast uns drei oder mehr gegeben
Dali ste nám tri alebo viac
Sie sind alle von ihm zu dir zurückgekehrt
Všetci sa od neho vrátili k tebe
obwohl sie vorher meine waren
aj keď predtým boli moje
Wenn ich oder sie die Chance haben sollte,
Ak by som mal šancu byť
Wenn ich oder sie in diese Affäre verwickelt wäre
Keby som bol ja alebo ona zapletený do tejto záležitosti
Er vertraut auf dich, dass du sie befreien wirst
Dôveruje ti, že ich oslobodíš
Genau so wie wir waren
Presne takí, akí sme boli
Ich hatte den Eindruck, dass Sie
Myslel som si, že ste boli

Bevor sie diesen Anfall hatte
Predtým, ako dostala tento záchvat
Ein Hindernis, das dazwischen kam
Prekážka, ktorá sa objavila medzi
Er und wir und es
On a my a to
Lass ihn nicht wissen, dass sie ihr am besten gefallen haben
Nedajte mu najavo, že sa jej páčia najviac
Denn dies muss für immer ein Geheimnis bleiben, das vor allen anderen verborgen bleibt
Lebo to musí byť navždy tajomstvom, utajené pred všetkými ostatnými
Dieses Geheimnis muss ein Geheimnis zwischen dir und mir bleiben
Toto tajomstvo musí zostať tajomstvom medzi tebou a mnou
Der König war sehr beeindruckt
Kráľ bol veľmi ohromený
"Das ist das wichtigste Beweisstück, das wir bisher gehört haben"
"To je najdôležitejší dôkaz, aký sme doteraz počuli"
»Ich glaube nicht, daß diese Verse auch nur ein Atom Bedeutung haben,« wandte Alice ein
"Neverím, že tie verše nesú atóm významu," namietala Alice
der König hatte seine eigene Meinung zu dieser Angelegenheit
kráľ mal na túto vec svoj vlastný názor
"Wenn diese Worte keinen Sinn haben, erspart das eine Menge Ärger"
"Ak v týchto slovách nie je žiadny význam, zachráni to svet problémov"
"Dann brauchen wir nicht zu versuchen, den Sinn zu finden"
"Potom sa nemusíme snažiť nájsť zmysel"
"Lassen Sie die Geschworenen über ihr Urteil nachdenken"
"Nech porota zváži svoj verdikt"
»Nein, nein!« sagte die Königin
"Nie, nie!" povedala kráľovná

"Erst die Verurteilung, dann das Urteil"
"Najprv odsúdenie, potom rozsudok"
"Zeug und Unsinn!" sagte Alice laut
"Veci a nezmysly!" povedala Alice nahlas
"Wie dumm ist es, den Angeklagten zuerst zu verurteilen!"
"Aké hlúpe je odsúdiť obžalovaného ako prvý!"

»Schweige!« sagte die Königin und färbte sich violett an
"Drž jazyk za zubami!" povedala kráľovná a zfialovila
"Ich werde nicht den Mund halten!" sagte Alice
"Nebudem držať jazyk za zubami!" povedala Alica
schrie die Königin aus voller Kehle
Kráľovná zakričala z plného hrdla
"Hack ihr den Kopf ab!"
"Odseknite jej hlavu!"

Niemand machte eine Bewegung
Nikto neurobil pohyb
"Wen kümmert es, was du sagst?" sagte Alice
"Koho zaujíma, čo hovoríte?" spýtala sa Alica
Zu diesem Zeitpunkt war sie bereits zu ihrer vollen Größe herangewachsen
V tom čase už narástla do svojej plnej veľkosti
"Du bist nichts als ein Kartenspiel!"
"Nie si nič iné ako balíček kariet!"
Bei diesen Worten hoben sich alle Karten in die Luft
V tom sa všetky karty zdvihli do vzduchu
und alle Karten flogen auf sie herab
a všetky karty na ňu prileteli
Sie stieß einen kleinen Schrei aus
Trochu vykríkla
Sie war halb erschrocken, aber auch wütend
Bola napoly vystrašená, ale aj nahnevaná
Und sie versuchte, sich gegen die Karten zu wehren
a snažila sa bojovať s kartami zo seba
Und dann fand sie sich auf der Grasbank liegend
a potom sa ocitla ležať na trávnatom brehu
Ihr Kopf lag im Schoß ihrer Schwester
jej hlava bola v lone jej sestry
Einige abgestorbene Blätter waren auf ihrem Gesicht gelandet
na tvári jej pristálo nejaké mŕtve lístie
und ihre Schwester wischte vorsichtig die Blätter weg
a jej sestra jemne odhrnula lístie
»Wach auf, liebe Alice!« sagte die Schwester
"Zobuď sa, Alenka drahá!" povedala jej sestra
"Was für einen langen Schlaf hast du gehabt!"
"Aký dlhý spánok si mal!"
"Oh, ich habe so einen merkwürdigen Traum gehabt!" sagte Alice
"Ach, mala som taký zvláštny sen!" povedala Alica
Und sie erzählte ihrer Schwester alles, woran sie sich erinnern konnte

A povedala svojej sestre všetko, čo si pamätala
**all die seltsamen Abenteuer, von denen Sie gerade gelesen
haben**
Všetky tie zvláštne dobrodružstvá, o ktorých ste práve čítali
Alice stand auf und rannte davon
Alica vstala a utiekla
Und während sie lief, dachte sie an ihren Traum
a keď bežala, premýšľala o svojom sne
"Was für ein wunderbarer Traum das gewesen war!"
"Aký to bol nádherný sen!"

www.tranzlaty.com

www.ingramcontent.com/pod-product-compliance
Lightning Source LLC
Chambersburg PA
CBHW011046190726
48290CB00011B/3027